剣

居眠り同心 影御用9

早見俊

時代小説

二見時代小説文庫

惑《まど》いの剣――居眠り同心 影御用9

目次

第一章　江戸一の絵師

一

　文化九年（一八一二）の師走《しわす》を迎えた江戸は、町全体が忙しげであるが、蔵間源之《くらまげんの》助《すけ》はそんな喧騒とは無縁にある。背は高くはないががっしりした身体、日に焼けた浅黒い顔、男前とは程遠いいかつい面差《おもざ》し、一見して近寄りがたい男だ。北町奉行所同心両御組姓名掛《りょうおんくみせいめいがかり》、これが源之助の役職である。南北町奉行所に所属する与力同心の名簿を作成するというなんとも長閑《のどか》な仕事だ。南北町奉行所を通じて定員が源之助たった一人ということが暇さ加減を如実に示している。

　師走一日《ついたち》の今日もかつての部下たちが仕事をしているのをよそ眼に帰宅の途に就く。途中すれ違う連中が、「お忙しゅうございますな」などと声をかけてくるのを、儀礼的な挨拶とは思いつつも皮肉に感じてしまうのは、ひがみなのだろうか。それとも、歳《とし》を取ったという証拠であろうか。

と、向こうから倅の源太郎《げんたろう》が歩いて来る。今は見習いとして奉行所に出仕し定町《じょうまち》廻《まわ》りの一員となっている。ふとした気まぐれから、

「たまには一緒に帰るか」

などと声をかけたのだが、

「あいにく、今日は宿直《とのい》です」

しれっと返される始末だ。

「そうか、宿直だったか」

「今朝、朝餉《あさげ》を食しながら申し上げましたが」

源太郎にからかいのつもりはないのだろうが、己が失念を思うとつい皮肉に受け止めてしまう。

「そうだったな」

そう答えたものの記憶にない。いや、聞いたのだろうが、耳から素通りだ。これも歳なのか、集中力というものがすっかりなくなっている。暇な部署に身を置くこと久しく、人間としてすっかりやわになってしまったようだ。四十三歳、来月には四十四

歳だ。不惑《ふわく》をとっくに過ぎたのに、惑《まど》ってばかりなのは己が未熟ということか。

源太郎とすれ違い、長屋門から外に出た。木枯らしが吹きすさび、袷《あわせ》の襟元から忍び込んでくる。ぶるっと身体が震え、背中が丸まる。が、それにはたと気が付き、背筋を伸ばす。きちんとした姿勢を保つことで同心としての矜持《きょうじ》を示そうと思った。

呉服橋を渡ると御堀から吹き上がる風は冷たく、斜光が水面を揺らす小波《さざなみ》を寂しげに映し出している。このまま帰宅することが嫌になってきた。

ふと、神田に足を向けることにした。神田司町《つかさちょう》町には定町廻りをしていた時、手先として使っていた岡っ引、歌舞伎の京次《きょうじ》がいる。その通称が示すように歌舞伎役者を志していただけあって、役者絵から抜け出したような男前である。今は常磐津《ときわず》の稽古所を営んでいるお峰《みね》という女と所帯を持ち、司町に住んでいた。

稽古所に近づき、お峰の奏でる三味線の音色に耳を傾けようと思ったが、今日に限って心地よい音は聞こえてこない。代わりに、

「この浮気者!」

お峰の悲鳴が聞こえた。

源之助のいかつい顔が綻《ほころ》んだ。

お峰は無類の焼き餅焼き。京次は男前。格別に浮気症ではないが、お峰から見ればその一挙手一投足が気になって仕方がないようだ。一方、京次にすればうんざりするのが現状で、そこに夫婦喧嘩が絶えないということになる。いわば、この夫婦にとってはごくごく日常的な光景であった。

「けっ、出て行くぜ」

京次の声がしたと思うと、勢いよく格子戸が開けられ、京次の茹《ゆ》だった顔が現れた。京次は源之助と視線が合うとばつが悪そうに頭を搔いた。

「今日は派手だな」

源之助は愉快そうに笑いかける。

「みっともねえこって」

京次はぺこりと頭を下げた。

「いつもの焼き餅か」

「まあ、そんなところで。稽古所に通ってくる娘と親しく口を利いていたなんて、くだらねえことをぶちぶちとごたくを並べやがったもんで、ついかっとなっちまって、いやあ、みっともねえことで」

「喧嘩するほど仲はいいってことだ」

「そんなことはねえですがね」

「どうだ。一杯、飲まんか」

「おや」

京次は珍しいこともあるもんだという具合に目をしばたたいた。

「いやか」

「いやじゃござんせんや。むしろ、喜んでお伴しますぜ」

京次は喧嘩の後の強張《こわば》った表情をがらりと明るく和《なご》ませた。

「ならば、何処《どこ》がいいだろうな」

源之助は周囲に視線を巡らす。夕闇迫る街角に掛行燈《かけあんどん》の灯がぼうっと滲《にじ》んでいた。

「あそこでいいか」

目についた縄暖簾《のれん》を潜ることにした。京次に異存はなく、店の中に入った。職人や行商人風の男たちが数人、小上がりにあった座敷で飲み食いをしている。源之助と京次も上がると、膝を送ってくれた。

腰を落ち着けたところで、

「どうしやした」

京次は銚子と湯豆腐を頼んだ。

「どうもせん」

源之助はぶっきらぼうに返す。

「ですけど、なんですよ。蔵間さまからお誘いいただくなんて珍しいじゃござんせんか」

「たまに飲みたくなることだってあるさ。おまえだって、そういう夜もあるだろう」

「まあ、これから寒くなる一方ですからね、熱燗はたまりませんよ」

すぐに湯豆腐と燗酒が運ばれて来て、京次の酌を猪口《ちょこ》で受けた。

「別段飲みたくなったわけではないのだが、なんとなく、胸が寂しくなったというか、胸の中を木枯らしが吹いているとでも申そうか」

「蔵間さまでもそんなことをお考えになりますか」

「歳を取ったと言いたいのか」

源之助は感慨深げに猪口を額にくっつけた。

「その言葉、蔵間さまには不似合いですよ」

京次は声を上げて笑った。

「おいおい、わたしとて木石《ぼくせき》ではないのだ」

源之助は苦笑を返す。

すると、

「おい、おい、何処へ行くんだい！」

と、いう大きな声がした。

目をやると店の主人が酔っ払いを捕まえている。京次が立ち上がり、

「どうした」

「いえね、こいつ、銭を持ってやしねえのに、散々に飲み食いしやがったんだ」

訴えかける主人の横で酔っ払いはにやけた顔で平然と立っている。粗末な木綿の袷《あわせ》を着込み、角帯はよれよれだ。

「なんてフテブテシイ野郎だ」

主人は怒りで顔を真っ赤に染めた。このため、主人も酔っているのではないかと思えるほどだ。

「こいつめ」

主人は酔っ払いの腕を捩《ねじ》りあげた。これには、へらへらしていた酔っ払いも、「痛いよ」と顔を歪《ゆが》ませる。

「手荒な真似はよしな」

京次が間に立った。

「こっちはね、食い逃げされようとしているんですよ。黙っていられれますかい。銭が払えないのなら、番屋に突き出すまでですよ」

主人の主張はもっともだ。ましてや、京次は十手《じって》を預かる身である。安易に勘弁してやれとは言えない。

「わかった。こいつの勘定、おれが持つ。それなら、文句はねえだろう」

京次は言った。これには主人も驚いたようで、

「そりゃまあ、そうしていただけるんなら」

一転して恐縮の体《てい》となった。

「いくらだい」

「ええっと、酒が四本に肴がっと」

と、空《そら》で勘定をして五十文だと答えた。京次はそれを肩代わりする。

それから、

「さあ、あんた」

「ああ、こりゃ、すまんですな」

男はうれしそうに相好《そうごう》を崩す。

「よし、気分を変えて飲み直しだ」

京次は源之助も目で誘ったが、

「わたしはもう十分だ」

と、付き合いは断った。

「そうですかい、なら、あっしはこいつと河岸《かし》を変えて一杯やってきますよ」

「おまえも人がいいな」

「まあ、袖振り合うも何かの縁ってやつですからね」

「ちょっと違うと思うがな」

「まあ、いいじゃござんせんか。あっしゃ、なんだか、このまま家に帰りたくないんですよ」

「好きにするがいいさ」

源之助は京次の分も支払い、店から表に出た。銚子を二本も飲んでいないが、身体や頰が火照《ほて》っている。相変わらず酒は弱い。別段、強くなりたいとは思わないで生きてきたが、こうした夜にはもう少し飲めたほうがいいと思えてきた。

木枯らしに吹かれながら暮れなずむ町を歩いて行く。京次と別れ、妙に心が薄ら寂しくなってしまった。悩みも問題も抱えていないにもかかわらず、ため息が口をついて出てくる。

「歳か」

弱気の言葉が口から出た。

「いかん、いかん、四十にして惑わず、だ」

己を鼓舞する。

だが、いま一つ気力が湧いてこない。

「影御用がないか」

そんな言葉を発してしまった。

二

あくる二日、源之助の両御組姓名掛、通称居眠り番を京次が訪ねて来た。暇な部署ということで奉行所の建屋内ではなく、築地塀《ついじべい》に面して立ち並ぶ土蔵の一つが源之助にとってのささやかな城だ。

「お邪魔しますぜ」

引き戸を開けて入って来た京次はなんだかうれしそうだ。

土蔵の中には壁に沿って書棚が立ち並び、そこに南北町奉行所の与力同心の名簿が収納されている。板敷の真ん中には畳が二畳敷かれ、そこに小机、火鉢が置かれ、源之助は座布団に座っている。

「朝っぱらから訪ねて来るなんて珍しいじゃないか」

何かあったのかという疑問を目に込める。

「昨晩の文無しのこと覚えておいででしょう」

「もちろんだ。どうした。あれから、飲みに行ったのだろう」

「それが、あの文無し、いや、文無しなんて言っちゃあいけねえんですよ」

京次の勿体《もったい》をつけた物言いにおやっという顔を向ける。

「それが、ええっと、なんだっけな。村上定観《むらかみじょうかん》、そう、村上定観って名前の高名な絵師ってわけでして」

「まことか」

源之助は口を半開きにした。

あれから京次は文無しと飲み、家に送っていったのだという。上野黒門町にあるその家は武家屋敷と思えるほどに立派だった。門を叩くと、中から数人の男たちが現れ、

「先生、お帰りなさいませなんてんで、大変な扱いで、それでもうこっちはびっくりしましてね。一体、どなたさまなんだろうと訊きましたところ、村上定観先生だって

んですから、人は見かけによらないもんですね。蔵間さま、定観先生のことご存じですか」

「もちろんだ。畏れ多くも公方《くぼう》さまにも絵を描くという大変に評判の絵師だ。当節、江戸一と評判だぞ」

「公方さまの絵を、江戸一。そいつはすげえや」

京次は手を打ちすっかり感心しきりとなった。人を見てくれで評価してはならないとは、永年町方《まちかた》の御用を務めてきた源之助には当たり前のことだが、その源之助でも昨晩の文無しが、まさか江戸一の絵師とは思いもよらなかった。

「それで、そのことを伝えにわざわざやって来たのか」

「いや、そうじゃねえんで。実は先ほど定観先生の御屋敷から使いの方がうちに来ましてね、蔵間さまとあっしにお返しがしたいそうで、お招きに与《あずか》ったんですよ」

「おまえはともかく、わたしまで招かれることはないがな」

「まあ、そうおっしゃらず、定観先生は是非にっておっしゃってるんですから」

実は自分一人で行くのが心細いと京次は言い添えた。

「どうせ暇な身だから、行くのはやぶさかではないのだが」

「なら、一緒に行きましょうよ。今日の昼九つに日本橋長谷川町にある料理屋赤松《あかまつ》にどうぞってことです」

「赤松か、ずいぶんと立派な料理屋だな。村上定観ともなると、普段はそうした高級料理屋を使っておるのだろう。いい暇つぶしになりそうだな。おまえだって、そうわかっていてやって来たのだろう」

さすがに京次はそうですとは言えないようで、はにかんだような笑みを返すのみだった。

「高名な絵師と食事をするのも悪くあるまい」

源之助は大きく伸びをしてから、すっくと立ち上がった。京次は昼間から御馳走に与《あずか》れると思っているようで舌なめずりをしだした。

源之助と京次は村上定観が指定した料理屋赤松にやって来た。門口《かどぐち》を入ると、玄関先には店の由来であろう立派な赤松が植わってある。檜《ひのき》造りの建屋からは品のいい香りがほのかに漂ってきた。

「なんだか、緊張しますね」

京次は言葉通り畏《かしこ》まっている。源之助とて、いささか緊張は隠せないのだが、そこは京次の手前ごほんと空咳をして威厳を保った。仲居の案内で一階の奥まった座敷へと案内された。

「お連れさまがいらっしゃいました」

仲居が声をかけると、

「どうぞ、お入りください」

返された声は昨晩の酔っ払いと同じ男とは思えない。決して大きくはないが、張りがあり、その中にも品のようなものが滲んでいる。きやすく声をかけられない威厳のようなものさえ感じられた。

仲居が襖を開け、座敷の中が見通せる。床の間の前に席が二つ設けられ、そこは空席となっている。源之助と京次のために空けてあるのだろう。定観は床の間の席に向かい座っていた。茶色の袷に袖なし羽織、草色の袴、それに頭には宗匠頭巾《そうしょうずきん》を被っている。目元はくっきりとしていて、ものを見る目はどこか冷めた感じがし、妙に鋭い。

普通の人間とはどこか違う気がするのは、江戸一の絵師ということが頭にあるせいか。それとも、昨晩の記憶が尾を引いているからなのか。

「大変にお世話になりました。本日はまた、御多忙の中、お越しくださりまことに恐縮でございます」

定観はきわめて礼儀正しく挨拶をしてくれた。こっちの方が恐縮してしまうほどだ。

「かえって、気を遣《つか》ってくだされたようで、こちらこそ、痛み入ります」

「本日はせめてもの礼と粗餐《そさん》を進ぜたいと思いました」

定観は仲居にあれやこれや指示を始めた。それを見計らいながら京次が小声で、

「粗餐ってなんです」と問いかけてきた。内心で舌打ちをしながら、

「粗末な食事という意味だ」

「するってえと、茶漬けですかね」

この問いかけには眉をしかめることで返事とした。

「ここは、なかなか美味いものを食わせます」

定観に言われ、京次の目が輝いた。

「酒はもちろん上方《かみがた》からの下《くだ》り酒ですぞ」

「そいつはありがてえ」

京次は辺りはばかることなく言った。そう言っている間にも料理と酒が運ばれて来た。湯豆腐だった。土鍋には昆布が敷かれ、豆腐の他に鱈《たら》が添えられている。昨晩の安酒場で食した湯豆腐とは同じ名前の料理とは思えない。

酒は灘《なだ》の蔵元から取り寄せたという清酒である。

「手酌でまいりましょう」

源之助は言った。そうした方が気兼ねなく料理を楽しむことができる。高級料亭の雰囲気に気圧《けお》されるということもない。その気持ちは定観にも十分に伝わったようで、にっこり微笑んでくれた。笑うと目から鋭さが消え、穏やかな風貌と相まってなんとも人の好さを感じさせる。将軍にも気に入られている江戸一の絵師とは思えない気さくさと同時に、村上定観という男の持つ弱さを垣間《かいま》見たような気もした。

弱さ、いや、繊細さと言うべきなのかもしれないが、源之助には男として、定観にはなよやかなものがあるような気がしてならない。

蒔絵《まきえ》銚子に入れられた酒は清流のように澄みわたっており、呑兵衛ではない源之助の舌にもほどよくからみ、すうっと流れるように喉を通る。

源之助でさえ、そうなのだから酒好きの京次が進まないわけはなく、ほとんど豆腐に箸を付けていないにもかかわらず、蒔絵銚子の中味をあっと言う間に飲み干してしまい、物欲しそうな顔になった。すかさず、定観が替りを注文する。

酒の替りと一緒に運ばれて来たのは河豚《ふぐ》刺しだった。伊万里《いまり》焼きの皿に盛られた河豚の薄造りは、桔梗《ききょう》の花の絵柄が透けて見えているほどに肉厚が薄い。このため京次などは、

「こりゃ、見事な皿ですね。高級料理屋ともなりますと、皿を目で楽しむってこともやるんですね」

などと大真面目に言う始末だ。横で源之助は俯《うつむ》いてしまった。定観は不快がったり、軽蔑することもなく、愉快そうに笑った。きょとんとする京次に源之助は河豚の薄造りであることを説明した。京次は動ずることもなく大げさに感心する。

「へえ、こいつはすげえや。これが刺身とはね」

などと言いながら薄造りを箸で摘み、汁に浸し、さっと口の中でもぐもぐとやった。しばらく奇妙な顔で咀嚼《そしゃく》を続け、

「こりゃ、歯ごたえがありますね」

などと言ってごくんと酒と一緒に飲み込んだ。

次いで、

「いやあ、うめえ」

満面に笑みを広げる。

「おい、いささか、無礼だぞ」

思わず源之助は注意をしてしまった。ところが、定観はというと至って上機嫌である。

「いや、こうまで楽しんでいただけるのはこちらもご接待申し上げた甲斐というものです。京次さん、どうぞ、遠慮なさらず」

京次はそれならと酒のお替りを頼んだ。横ではらはらしている源之助をよそに定観は笑みを絶やさない。

「これから鍋が出ますから」

定観は上機嫌に声をかけてくる。

「それは、いいですね」

京次は絶好調となった。

やがて、河豚ちりが用意された。仲居が各々の小鉢に河豚や野菜を取り分けてくれる。三人はしばし、心ゆくまで河豚を味わった。

「いやあ、今日はすっかりご馳走になってしまった」

「なんの、ほんのお礼。お礼をするのは当然です」

「お礼と申されてははなはだ心苦しいものです。なにせ、あの晩、村上殿の飲食費たるや五十文にも満たなかった。それに比べ、本日の豪勢な料理たるや」

源之助は思わずため息を吐いた。さすがに京次も横で恐縮している。

「いや、単純に比べるものではございません。あの時のわたしは一文無し。そんなわたしにとっての五十文というのは、まさしく天の恵みのような有難味があったのです。なにせ、あのまま番屋に突き出されては後々厄介なことになったかもしれませんから」

　定観は苦笑いを浮かべた。

「でも、どうして、一文無しだったんですか」

　京次の疑問はあまりに当然である。このような高名な絵師が、高級料理屋の常連である男が、どうして無一文であんな場末の縄暖簾で飲み食いなどしていたのだろう。単なる物好きとは思えない。

「まあ、色々と」

　定観の物言いは今までの洒脱さではなく、奥歯に物が挟まったようなものとなった。何か立ち入ってほしくない雰囲気に覆われている。

「どうしたんです」

　京次は酔いが手伝ったようで尚も切り込んでいった。

「色々とお考えがあるのだろう」

　源之助は定観の気持ちを慮《おもんぱか》り、口を挟んだ。

「お考えって、どんなお考えです」

京次の呂律《ろれつ》は怪しくなっている。

「それは」

定観は口ごもった。いかにもわけありのようなその態度に大きな好奇心が湧いてきた。が、あまり立ち入るのはよくないとも思う。

「今日のところはこれで失礼しよう」

源之助は京次を促した。京次もそれには逆らうことなく腰を浮かした。すると、

「待ってくだされ」

定観の声はすっかり酔いから冷めていた。

三

二人は浮かした腰を落ち着ける。それから定観に向き直った。

「実は」

定観は苦しんでいる。眉間に深い皺が刻まれ、目はうつろに彷徨《さまよ》っていた。京次は問《とい》を重ねようとしたが、源之助に目で制せられた。定観の悩みようは尋常ではなく、無理じいをして話させるものではない。あくまで、定観の口からそれを語らせる。

定観はぐっと息を吸い込んでから、

「人を探しておりました」

と、ぽつりと言葉を発した。

「人探し」

源之助が問い返すと定観はぐっと口の中で息を殺し、

「女でございます」

そう聞いただけで定観とは因縁浅からぬ存在だろうことが察せられる。

「その女というのは」

源之助が問いかけるのと同時に定観は答えを発した。

「若かりし頃、恋い慕っておった女でございます」

顔を上げた定観の目元がほんのりと赤く染まっているのは、あながち、酔いのせいばかりではないことは、いくら無粋な源之助にもわかった。

「どういった女でしたか」

京次の問いかけはごくごく自然なものだった。

「わたしが、絵師を志した頃、恩師の村上宗観《むらかみそうかん》先生、つまりわたしの岳父《がくふ》に連れられ、時折、伺っておりました御旗本のお嬢さまでした。名を菊乃《きくの》さまとおっしゃいます。

もう、二十年も前、わたしが十八、菊乃さまが十七の頃のことでした」

「さぞや、おきれいだったんでしょうね」

京次が訊いた。

「それはもう」

斜め上を見上げる定観の脳裏には、往時の菊乃の面影がくっきりと映し出されていることだろう。

「しかしながら、身分違いの恋でございます。とうてい成就できるものではございません。わたしは、ひたすら菊乃さまへの想いを胸に抱きながら絵の修業に励んだのでございます。それで、自分でもよく描けたと思った絵を送り、菊乃さまへの想いを断ち切りました」

「でも、よかったじゃございませんか。その甲斐あって、今や、江戸で評判の絵師になりなすったんですから」

「わたしが、今日の地位を得ることができましたのは、先生のお蔭でございます。先生に目をかけられ、今の妻、雅《まさ》と祝言をしたことで今日の地位を得たのでございます。決して、絵の腕ではございません」

定観は自嘲気味な笑みを浮かべた。

「そんなことねえですよ。ねえ」

京次が話題を向けてきたのは、絵のことがわからないからなのだろうが、源之助とて絵心があるわけではない。

「まこと、定観殿の絵は絵心のないわたしの耳にも達しております。公方さまや大奥にまで出入りなさっておられるとは当代一の絵師と評価されておる証《あかし》でござる」

正直、源之助に絵などわかりはしない。雪舟《せっしゅう》だろうが、誰だろうが、区別もつかない。定観のことも将軍や大奥の権威を借りてしか誉めることができない自分が情けない。すると、そのことは定観にも伝わったようで薄ら笑いを浮かべながら、

「ですから、それは岳父のお蔭、岳父が公方さまや大奥の覚えめでたいさる幕閣の大物にうまく取り入ったからです。わたしは、岳父の築いた道筋を歩んでいるに過ぎません」

「しかしながら、下手糞な絵をいくら公方さまの寵臣でもお取り上げにはならんでしょう」

「確かに岳父には商売上手な一面と絵師としての腕も備わっておりました。決しておべんちゃらだけの茶坊主ではなかったのです。しかし、わたしとなりますと、岳父が築いたそれらの道筋を踏み外すことなく歩む。それだけがわたしの生き様です。わた

しに群がる者ども、例えば、商人などはわたしが描いた絵を目の玉が飛び出るほどの値で売って莫大な利を得ております。絵とは違うところでわたしの名は広まっておるのです」

「それは定観殿の罪ではございません」

「ですが、わたし自身もそれによって大いなる名声と富を得ておることは確かなのです」

定観はしんみりとなった。

「ところで、菊乃さまを探しておいでということでしたが」

源之助は話をそこに戻した。高名な絵師村上定観がひどいなりをして無一文になりながら場末の縄暖簾で飲んだくれていた。このことと直参旗本の息女菊乃とはどう繋がるのだ。

「すみません。話がそれてしまいましたな」

定観はいくぶんか落ち着きを取り戻したようだ。

その話によると、菊乃の実家である直参旗本飯岡庄左衛門《いいおかしょうざえもん》は勘定吟味役を務めた折、不祥事を起こし、御家が改易《かいえき》処分となった。今から五年前のことだという。菊乃は直参旗本山上《やまがみ》家に嫁いでいたが、山上家では菊乃の父が不祥事を起こし、おまけに御家を改易になったことを気にして、菊乃を離縁した。

「むげえもんですね。御家の体面が大事ってこってすか」

京次は酔いに任せて言いづらいことも気にならないようだ。源之助も定観の気持ちを思うと京次を咎める気にはなれなかった。

「菊乃さまにお子でも生まれていれば、事情は違ったのでしょうが、不幸にも子供はいませんでした。それが、離縁にとっても格好の材料になったようです」

それまでは、菊乃の父が勘定吟味役というこれから出世の階段に上っていることを配慮し、いくら子供ができなくても離縁することに躊躇《ちゅうちょ》していたのだという。それが、父の切腹により、なんの障害もなくなったのだった。

「わたしはそれを岳父から聞き、胸が潰れる思いがしました。それきり、菊乃さまの消息は途切れてしまったのです」

四

定観が続きを語る。

「ところが、忘れもしません。先月の晦日《みそか》、上野不忍池《しのばずのいけ》の畔《ほとり》で菊乃さまを見かけたのです。声をかけようか迷っているうちに菊乃さまは不忍池を離れました。無我夢中で後を追いますと、池之端《いけのはた》にある岡場所桔梗屋《ききょうや》に入って行かれたのです。昨晩、わたしは、わざとひどい身形《みなり》になって、その岡場所桔梗屋に乗り込みました」

定観は慣れない岡場所に戸惑っていた。それでも、若い衆の導きで店の中に入った。おどおどとする定観は進められるまま二階に上がった。通された部屋で待つことしばし、

「ごめんなさいよ」

いかにも世慣れた感じの女の声がした。しわがれているがまごうかたなき菊乃の声である。懐かしさと緊張で胸が押しつぶされそうになった。襖が開かれるのを待つのが辛い。ほんの一瞬のことに違いなかったにもかかわらず、まるで紙芝居のように襖はゆっくりと開かれていった。

「ようこそ」

菊乃はいかにもやり手婆さんといった派手派手しい着物に身を包み、厚化粧を施してはいたが、ありし日の面影を確かに定観は見た。

が、そんな定観の想いなどどこ吹く風、菊乃はお歯黒の歯をむき出しにしたと思う

と、

「どんな娘がお好みです」

と、訊いてきた。

その表情は定観を客としか扱ってはいない。悲しみで潰れそうになった胸のまま目で自分を覚えていないのかと訴えかけた。

返事を待つまでもなかった。

「遠慮なさらないでくださいよ」

菊乃はやり手になりきっていた。いいようのない悲しみが襲ってくる。

「ああ、いや」

あいまいに口ごもり、もう一度正面から菊乃の顔を見直した。

――思い出してくだされ――

切なる願いを眼差しに込めた。

だが、菊乃の表情は動かない。

が、それも束の間。

次第に苛立ちの表情が募ってきたのがわかる。眉間に皺が刻まれ、顔がしかめられた。

「お客さん、早くおっしゃってくださいよ」

「いや、そうじゃないのです」

思わず口をついて出た言葉はそんな場違いなものだった。

「いい加減になすってくださいよ。そんなら、こちらでいい娘をつけますからね。いくら、出せます」

菊乃はにんまりとした。それは菊乃には似つかわしくない下品な笑いだった。いや、似合わないと思うのはかつての菊乃をそこに重ね合わせているからで、やり手となった菊乃にはむしろぴったりとしたものと言えるのかもしれない。

「いくらもない」

ぶっきらぼうに返す。

今日はそもそも、女を買うために来たのではない。買うつもりなど毛頭ない。また、普段から大金は持たない。食事は家で、招きで使う店は決まっている。いつも、掛《かけ》ですましている。買い物も掛ばかりだ。従って、現金はほとんど持たないのが当たり前になっている。

それでも、今日は百文ばかりの小銭を巾着《きんちゃく》に用意してきた。やり手となった菊乃に会うために口利きを頼もうと思ったのだ。それが、自分の不慣れさと菊乃との再会にすっかり気もそぞろとなり、言われるまま二階に上がってしまった。

「いくらです。正直におっしゃってください」

「いくらも持ってはいないが」

「だから、いくらですよ。一分ですか、それとも二分くらいは出せますか」

やり手になりきった菊乃は容赦がない。

「いや、そんなには」

気圧《けお》されるように声がしぼんでゆく。

「はっきりおっしゃってくださいな。こっちも忙しいんですよ」

「五十文ばかりだが」

ようやくのことでそう返事をした。

菊乃は顔をしかめ、

「ご冗談でしょ」

などと険《けん》のある目を向けてくる。

「いや、それしかない」

菊乃の目が据《す》わった。

「あんた、ここへ何をしに来たんだい」

「いや、それは、だから」

舌がもつれてしまった。

「そりゃ、吉原ほどの金はかからないさ。ここは岡場所。お上非公認の色里だからね。でもね、この店はこの界隈ではちっとは知れた店なんだよ。その店で若い娘を抱こうとやって来るのなら、それなりの銭を用意するのが当たり前じゃないのさ。それを五十文だなんて。子供のお使いじゃないってんだ」

菊乃は啖呵《たんか》を切った。

すると、その声は廊下にまで届いたようである。すぐに足音が近づいて来た。

「どうしたんで」

すぐにどすの利いた声が襖越しに聞こえてくる。と、思ったら襖が開けられた。若い衆が二人、嫌な目で定観を見た。菊乃が立ち上がり、

「この男、たったの五十文こっきりしか持っていないんだってさ」

「そりゃ、一体、何しに来たんですかね」

若い衆にも最早《もはや》遠慮がない。

「いや、わたしは、ただ菊乃さまと話がしたいのだ」

すると、菊乃の視線が揺れた。

自分のことを思い出してくれたのかと万感の思いで見返す。

「わけのわからない能書きなんかわめいてるよ。そんな銭にもならない男、叩き出しておしまい」

菊乃の言葉は無情だった。

「へい！」

威勢よく返事をした若い衆二人に両腕を摑まれてしまった。

「いや、わたしは」

抗議の声を出した。菊乃はくるりと背中を向ける。その間《かん》にも定観は廊下へと連れ出された。そして、引きずられるようにして階段へと連れて行かれる。

「待ってくれ。菊乃さまに話がある」

だが、若い衆は聞く耳を持たない。無理矢理階段を下ろされていく。手すりにしがみつき、

「菊乃さま、わたしです。お見忘れか。吉次郎《きちじろう》です。絵師の吉次郎です」

若かりし頃の名前を叫んだ。若い衆は、

「こいつ、気でも狂ったのか」

と、二人顔を見合わせていたが、

崩し、階段を転げ落ちてしまった。土間に転げた定観の儒者髷が解け、着物は泥にまみれた。

「さっさと、出て行くんだよ」

定観を力ずくで立たせた。

「菊乃さまに会わせてくれ。この銭で」

定観は必死の想いで巾着《きんちゃく》を若い衆に押し付ける。若い衆は、

「うちに菊乃なんて女郎はいねえよ」

と、笑い合った。

「いや、女郎ではない。やり手だ。やり手の菊乃さまだ」

「はあ」

若い衆はお互いの顔をまたしても見合わせる。

「なあ、頼む」

定観は訴えかける。

「菊乃さまなんてお上品なお方がここにいるわけないだろう」

「早くしな」

と、ひと声発し、手すりにかかった手を強引に引きはがした。定観は身体の均衡を

「じゃあ、他の名前を名乗っておるのだ」

と、その時、階段の真上に菊乃が立った。それを見上げた定観は、

「菊乃さま、吉次郎です」

と、訴えかける。

若い衆も階段を振り返った。

「とっとと追っ払いな。追っ払ったら、塩を撒いておくんだよ」

その声は背筋が凍るほどに冷たかった。

若い衆は定観を外に連れ出した。そして、定観の巾着を、

「これは迷惑賃だ」

と、言って自分の懐の中に入れてしまった。往来で泥にまみれる定観に若い衆は塩を撒いた。

「さっさと行っちまいな。こちとら縁起を担ぐんだ。おめえのような野郎にいられたら迷惑だ」

「なあ、一言でいい。一言でいいから、話を」

「しつこいんだよ。これ以上、しつこくしたら、骨の一本もへし折ってやるぜ」

それは、満更脅しでもましてや冗談でもないだろう。そのことは、男の目を見れば

わかった。力なく腰を上げる。

全身を痛みと疲労が押し包む。

風が無性に冷たく感じられるのは、決して木枯らしだけのせいではない。

定観は虚しく家路についた。

が、このまま家に帰る気にはとてもものことなれたものではない。

「それで、目についた縄暖簾を潜ってしまい、一文無しにもかかわらず、酒を飲んでしまったのです」

定観はぐっと唇を噛み締めた。

「そういうことですかい」

京次の目も潤んでいた。江戸一の絵師との遭遇物語にはそのような裏があったのである。

源之助も思いもかけない悲恋物語にしばらくの間、口を開くことさえできずにいた。

「いや、みっともないことです」

定観は一言つぶやくとうなだれた。

第二章　不似合いな影御用

一

源之助も京次もしばし、口をあんぐりとさせ、かと言って、安易な慰めの言葉はかえって定観が受けた心の傷を深くするようで、容易にはかけられなかった。

「いやあ、面目ない」

江戸一の絵師にはまことに似つかわしくないその態度こそが、事態の深刻さを物語っている。

「わたしは、一体どうすればいいのでしょう。あれからわたしは筆を執ることができません。まったく、筆が進まないのです。とてものこと、絵を描くなどということはできません。情けないことですが」

定観はうなだれた。

「無理もねえことですよ」

京次は言う。

定観の苦悩は理解できるが、正直に言って、源之助には多少の抵抗がある。世の中には困った者はたくさんいる。食うにも事欠く人間も珍しくはない。定観は高名な絵師。今日明日、飢え死にすることはない。

そう考えると、定観の悩みというのはいかにも贅沢なような気がする。

そんなことが胸にわだかまっているため、つい無口になってしまう。京次ほど素直に定観の肩を持つ気になれない。

ところが、そんな源之助の気持ちなど何処《どこ》へやら、

「いやあ、お気の毒ですよ」

などと京次はすっかり同情している。

「どうすることもできません。自分の気持ちをどうすることもできないのです」

定観の口からは深いため息が漏れた。

「お気持ち、ごもっともだと思いますよ」

京次は益々、賛同の色を濃くしていった。

「それで、いかがされたいのですか」

源之助はいささかぶしつけとも思える問いかけをしてしまった。それが、この場にはふさわしくはないと思ったが、つい、先ほどの定観に対するわだかまりが源之助をしてそんな言葉を発しさせてしまったのだ。横で京次がいかにもまずいことを尋ねるといったようにはらはらとしている。

定観はうなだれながらも、

「わかっております。わたしとて、こんなことで心悩まし、絵を描くことができないなど、とてものこと、許されるものではござらんことを。そして、世の中にはもっと大変な思いをしている人々がいることも」

「まあ、それは」

京次が慰めの言葉をかけようとしたが、定観はがばっと顔を上げた。

「ですが、それを承知でもわたしは筆を執ることができない」

「だから、どうされたいのですか」

源之助はいささか持て余すような態度になった。

定観はきっと顔を上げた。

「菊乃さまと話がしたい」

その目には情念ともいえる炎が立ち上っている。

「ならば、もう一度訪ねて行かれればよろしいではありませんか」

源之助の言い方はいささか突き放したものだったが、それがこの場にはふさわしくはない。それを承知で言ったのは、この高名な絵師に目を覚まさせたい一心からである。いつまでも過去に想いを馳せ、縁遠かった女などにうつつを抜かして自分本来の仕事をおろそかにしていいわけがない。

それは、絵師として、それ以前に一人の人間としてあまりに情けないことのように思えてならない。

これが村上定観でなかったら、このような豪勢なもてなしを受けた後でなかったなら、きつい一言を投げつけこの問題を終わりにするところだ。

それが偽らざる本音である。

ところが、京次たるや、

「わかりました。あたしらにお任せください」

などと真顔で請け負う始末だ。それから、当然のごとく源之助にも賛同の目を向けてきた。源之助は断ろうと思ったが、贅沢な持て成しを受けた手前、即座には返答できないでいると、

「蔵間さまも承知してくださいましたよ」

京次は言った。

「おい」

あわてて否定しようと思ったが、

「ありがとうございます」

定観に頭を下げられた。

更に京次が畳み掛ける。

「そりゃあ、蔵間さまにお任せしたら鬼に金棒ですよ」

定観に期待の籠った目を向けられた。

「ところが、わたしは両御組姓名掛と申して、一言で申せば居眠り番と揶揄《やゆ》される部署に属しておるのでござる。とてものこと、お役に立てそうもありません」

正直言って体《てい》よく断りを入れたい。

ところが、京次が余計なことを口に挟んだ。

「そりゃ、今はそんなお役目に甘んじておられますがね、かつては蔵間源之助といやあ北町奉行所きっての鬼同心。そんじょそこらのやくざ者なんか、その声といわず、名前を聞いただけで、怖れをなして道を開けるくらいなんですよ」

「それは頼もしい」

　定観の顔が輝いた。

「それは、あくまで昔話」

「そんなことござんせんや。今だって、相当なものですぜ」

　京次は引かない。

「いや、それは」

　抗《あらが》うと定観がまさに泣きつかんばかりになった。

「どうかよろしくお願い致します。この通りでございます」

　定観は何度も頭を下げる。

「いや、これはあくまで私事。奉行所の介入できることではござらん」

　源之助らしからぬ逃げ口上に京次は顔をしかめた。

「いや、そうは申しても」

　定観は悲痛な声を漏らした。

「そりゃ蔵間さまらしくねえですぜ。これまでに、困った人がいたら、そして、頼られたら断るなんてことはなさらなかったじゃござんせんか」

　京次が珍しく責めたててくる。

「それはしかし、頼んでくる者たちがそれなりの問題を抱えておる者ばかり。わたしが手を貸さねば、どうしようもなく困り果てた者ばかりなのだ。ところが今回の場合は」

源之助はここで言葉を止めた。

「いかにも、情けなき、色恋のことでございます」

定観はしおれた。

「そうは言ってもねえ」

京次は同情的である。

「やはり、いけませぬか」

定観はすがるような声音《こわね》だ。

源之助が感じた定観の弱さとはこうしたところにあるのかもしれない。人に頼らなければ生きていけない男なのだ。絵については天分があるのかもしれない。だが、人生を力強く生き抜くことはできない。定観自身が言っていたように、岳父の引き当てがあっての今日だろう。

「正直申して、あまり気が進まないことは確かです」

源之助はきっぱりと言った。

「ダメですか」

定観はうなだれた。

「いや、そうじゃありませんよね」

京次はすっかり定観の味方となっている。

「蔵間さま」

定観は情けない顔を向けてくる。

「ねえ、請けましょうよ。こんなにもごちになってしまったんですよ」

京次は膳を見た。

「もちろん、改めていくばくかのお礼を差し上げます」

定観にすればそれだけ必死の願いなのだろうが、金で人を動かすという嫌な気持ちとなり、源之助の心は冷めていった。

「礼などは不要」

物言いに不快感を滲ませた。定観は視線を彷徨《さまよ》わせ、京次にすがるような目を向ける。

「確かに蔵間さまは銭金《ぜにかね》で動くようなお方じゃござんせんや。でも、定観先生だって、金で蔵間さまを雇うなんて不遜なお考えがあって、そんなことをおっしゃったんじゃねえと思いますよ」

「それはわかっておる」

ついい、言葉の調子が強くなる。

「なら、お助けしてもいいじゃござんせんか」

京次も引かない。

「お願い申します。お金の話をしましたのはこの通り謝ります」

定観はなりふり構わぬ様子だ。

「ねえ、蔵間さま」

京次が促す。

「うるさい！」

つい、声を荒げてしまった。自分でも大人げないとは思ったが、京次までが定観に同情的なのが理解できないし、腹立たしい。

「うるさいってことはないじゃありませんか」

「うるさいものはうるさい。わたしはおまえの指図は受けない」

自分でも口に出してからはたと気がついた。いつのまにか我を失っている。こんなことはこれまでに滅多になかった。

定観の頼みがあまりにくだらないことだからか。いや、そうではない。人に懸想《けそう》する、そのこと自体を悪いとは思わない。しかし、あくまでそれは自分で解決すべき問題なのだ。

二

結局、源之助は引き受けず、そのまま料理屋を後にした。京次がくっついて来る。手には土産に持たされた重箱を大事そうに両手で抱えていた。源之助は定観の願いを断った手前、もらうわけにはいかず手ぶらである。

京次は無言だが、言いたいことはわかる。

「どうです、うちに寄りませんか」

案の定、誘い水をかけてきた。

源之助が無言を貫いていると、

「どうせ、帰り道じゃござんせんか」

京次は言った。

「そうは言ってもな」

いかにも乗り気ではないように顔をしかめた。

「いいじゃござんせんか」

京次はなんとしても家に連れ帰りたいようである。

「しつこいな」

源之助はぶっきらぼうに吐き捨てた。

「しつこうござんすよ」

「なんで、そんなにもむきになるんだ」

「定観先生の心温まる恋心を聞けば心動かないほうがおかしいでしょう。蔵間さまはそうじゃねえんですかい」

「多少、心は動かされることはあっても、それではいかにもなあ」

「色恋沙汰では動かないってことですか」

「まあ、そう言うな」

言いながら源之助は京次に誘い込まれるようにして京次の家に立ち寄った。

「おや、蔵間さま、あんた、ちょっと」

お峰は顔をしかめた。

「なんだい」

京次もしかめ面を返す。

「蔵間さまについて来ていただかないと、家にも帰れないってことじゃないのかい。情けないね」

お峰は辛辣《しんらつ》だ。

「そうじゃねえよ」

「またぞろ、嘘でもつくのかい。昨晩みたいにさ、なんとかって、とんでもなく偉い絵師の先生と知り合ったなんて」

「馬鹿野郎。それは本当だよ」

京次はかぶりを振る。そして、助けを求めるように源之助に視線を向けてきた。

「本当だ」

源之助の言葉に、

「また、蔵間さままで」

「いや、本当だ」

源之助が再度答えると、

「蔵間さまが嘘を申されるわけねえだろう。このおかめ」

京次は嵩《かさ》にかかった。

「へえ、じゃあ、この人の言ってること本当だったんだ」

お峰は今さらながら驚いたようだ。

「みろい」

京次は得意げである。それから重箱を差し出す。

「これ、その、絵師村上定観先生にご招待いただいた、高級料理屋赤松での土産よ」

「ええ、赤松っていやあ、凄い料理屋じゃないの」

「これが赤松の料理ってわけだ」

京次はすっかり調子づいた。

「凄いね」

「全部、おめえにやるよ」

「いいのかい」

「ありがたく味わいな」

京次が言うと源之助も遠慮するなと言い添えた。

「じゃあこれは後でゆっくりと頂くとして、お茶でも淹《い》れますね」

お峰はてきぱきとした所作で茶を淹れた。

「蔵間さま、本当にお疲れさまです」

お峰は源之助の前に湯呑を置いた。

源之助は茶を口に含むと、つい、ため息を漏らしてしまった。

「おや、どうしたんです」

お峰が即座に反応した。

「それがな」

源之助は想いを巡らすようにして一旦は言葉を止めた。

「なんですよ」

お峰は気になって仕方がない様子である。

「おまえ、恋ってものをしたことがあるか」

「な、なんですよ、突然」

お峰はまさか、源之助の口から色恋のことなど出るとは思ってもいなかったのだろう。きょとんとなったが、じきに目元を赤らめ、京次を見た。

「あ、いや、妙なことを尋ねて申し訳ない。京次という旦那がいて妙なことを尋ねてしまったな」

「いや、それはいいんですがね。でも、どうしたんですか。蔵間さまが恋だなんて」

「いや、ちょっとな。色恋とは己が仕事も見失うほどのものなのか」

「そりゃ、相手によりけりだと思いますよ」

お峰の探るような上目使いだ。きっと、源之助の真意を測りかねているのだろう。

「まったくおかしなものだな」

源之助の口からはおおよそ不似合いなことを聞かされ、戸惑うお峰に対して京次はおかしげに微笑んでいる。

「もしもだ」

源之助はそう前置きをした。

「なんでしょう」

お峰は答えるのが怖そうだ。

「もしも、おまえに、好き合った男がいたとして、いや、その男は京次ではないぞ。京次以前に好き合った男がいたとして」

「そんな男、いやしませんけど」

お峰は戸惑い気味に答える。

「だから、もしもと申しておるだろう」

源之助は大真面目だ。お峰は視線をそらせ京次に向く。京次はおかしそうに肩をそびやかしたものの、何も言おうとはしなかった。

お峰は斜め上に視線を巡らせしばらくの間、考え込んだ。それからおもむろに、

「迷惑ですよね」

と、ぽつりと言った。

京次が肩を揺らして大いに笑う。

「ちょいと、おまいさん」

お峰はいかにも源之助に対して失礼だろうと言いたげだ。

「いや、いいのだ。なるほど迷惑か」

「迷惑ですね」

「だって、あたしは、あたしなりの暮らしをしているんですよ。そこへ、唐突に昔の男が現れたって、それは迷惑でしかありませんよ」

「懐かしくはないのか」

「そりゃ、会った時にはそう思うことだってあるかもしれませんけど、でも、それだけですよ。それでどうのこうのって気にはなりませんね」

「あっさりしたものだな」

源之助は苦笑を漏らした。すると、京次までもが、

「もしもですか」

「おめえは大体、情ってもんがねえんじゃねえのか」

「おや、ずいぶんな言い方じゃないのさ」

「なんだと」

「だってそうだろ。あたしゃ、おまいさんとの暮らしに障りがあっちゃあいけないからそんなことを言っているんだよ。それともなにかね、昔の男と浮気でもして欲しいっていうのかい」

お峰の物言いはきついものながら、そこには京次に対する愛情というものが感じられた。

「でも、どうなすったんですよ。まさか、奥さまに昔の男が現れたってことですか」

「いや、そうではない」

源之助は大きくかぶりを振る。

「蔵間さまの奥さまは蔵間さま一筋だよ」

京次が言った。

「それもそうか」

そのことに納得したお峰だったが、いかにも腑に落ちない様子であることに変わりはない。

「いやあ、妙なことを尋ねて申し訳なかったな」

源之助は頭を掻いた。

「いえ、礼を言われることでも、謝られることでもありませんけど」

お峰は小首を傾げながら言葉を飲み込んだ。

「邪魔したな」

源之助は腰を上げた。

「お構いもしませんで」

お峰はきょとんとしている。

「ならば、京次」

源之助は目配せをした。京次は源之助を追って玄関から出た。

「聞いたであろう。女は迷惑なのだ。菊乃さまだって、突然に昔好き合った男が現れたとしても迷惑であったに違いない。かつての直参の姫さまが今や岡場所のやり手という境遇だ。わが身の不運を想い、猶更《なおさら》、定観先生とは会いたくはないに決まっている。それを無理に会うことは、定観先生にいくら未練があろうと、菊乃さまに気の毒なことに違いない」

「そうかもしれませんがね、あっしゃ、どうも、定観先生のことを考えると、気の毒で気の毒で、仕方ねえんですよ」

「おまえの気持ち、もちろん、定観先生の気持ち、わからんことはないが、やはり、会わない方がいい」

源之助はそれが結論だとばかりにいかつい顔を綻ばせた。

「そうですかね」

京次は未だ納得できないようだ。

「そうさ、今はこのままにしておいた方がいい」

「でも、定観先生の恋煩いは絵筆が握れないくらいに重いんですよ」

「それは、自分で気持ちを鎮《しず》めるのが男というものだ。時というものはそれを可能にするからな」

源之助は明るく言い放つと京次の家を出た。夜の帳《とばり》が下り、寒さがいっそう身に染みる。雪駄《せった》が重い。源之助の雪駄は馴染みの履物問屋杵屋《きねや》で特別にあつらえさせたものだ。底に鉛の薄板が敷いてある。捕物の際に、一つでも多くの武器を手にしたいという源之助なりの工夫だったが、居眠り番となり、齢《よわい》を重ねてみれば、無用の長物《ちょうぶつ》と言える。

だが、それを承知で履き続けるのは、八丁堀同心の誇りである、が、正直なところ今では意地と言った方が当たっている。

三

京次には定観の頼みを引き受ける気はないと答えたものの、八丁堀の組屋敷に戻ってからも胸には澱《おり》のようなものが残っている。それが、顔に出たのだろう。

「お疲れでございますか」

妻の久恵《ひさえ》が心配そうな目を向けてくる。普段の源之助ならば、特別に疲れてはいないと素っ気なく返すところだが、今晩はなんとなく久恵と話がしてみたい気分になった。

「おまえ、色恋のことわかるか」

「はあ」

久恵は問われた意味がわからないように小首を傾げた。

無理もない。

無骨を絵に描いたようないかつい顔の男の口から、色恋のことなど飛び出すなんて思ってもいないだろう。源之助と色恋、水と油だとは源之助自身がよくわかっている。

「あの、疲れていらっしゃるんでしょうか」

久恵はまじまじと源之助の顔を見つめた。ここではにかんでは、己の立場がない。

「いや、女というものはかつて好き合っていた男が突然に現れた場合、どのような気持ちを抱くものだろうな」

あくまで真顔で問いかける。

「それは、御用に関わるのでしょうか」

久恵は戸惑いながらも夫の役に立たなくてはという使命感を抱いたようだ。

「まあ、そうだ」

思わず視線をそらしてしまった。それに対して久恵は夫の期待に応えねばと真剣に瞳を凝らしている。考えることしばし。

「はっきりとはわかりませんが、うれしい反面、あまりいい気はしないというのが正直なところではないでしょうか」

お峰と同じである。

「そういうものか」

やはり、定観の願いを受け入れてはならない。

「人によると思いますが、わたしはそのように考えております」

久恵はきっぱりと言い切った。

それから、どうしてそんなことを尋ねるのだという疑問を目に込めている。

「いや、ちょっとな」

言葉を曖昧にした。

「おかしなことをお尋ねになるのですね」

久恵はおかしそうに微笑む。

「おかしいか、おかしいだろうな。わたしが色恋など。馬鹿馬鹿しいことだ」

「馬鹿馬鹿しいとは思いません」

久恵は大真面目に返した。

「実はな、近頃、そういう相談を受けたのだ。さる、人物からな」

定観の名は伏せて経緯を語った。久恵は真顔で聞いていたものの、やがて、ふっとうれしそうな顔になった。

「どうしたのだ」

「だって」

久恵はおかしくてならないようだ。

「まったく」

源之助は次第に不機嫌になる。

「でも、旦那さまが悩まれるのも無理からぬことだと思います。おおよそ、旦那さまには縁のない世界の話ですもの」

「そう思うか」

「思いますとも」

「そんなに無粋な男かな」

源之助は反省するように頰をぽんぽんと叩いた。

「でも、その方が旦那さまらしくてとてもいいと思います」

久恵に言われて、以前なら照れが先立ち、その照れ隠しのために不機嫌な顔を作ったりもしたものだが、今は多少のはにかみを感じるだけで、久恵の褒め言葉を拒絶する気はない。

これも歳を取った証拠か。

それとも、自分も丸くなったということか。丸くなる。角《かど》が取れる。

それは果たして自慢していいものだろうか。なんだか、世間に妥協し、おもねっているような気がしてならない。不惑とは程遠いことである。

ふとこんなことを考えること自体が不思議な気持ちに包まれた。

「お食事になさいますか」

「そうだな」

普段ならうなずくだけで返事など滅多にしないのだが、今日は素直になれた。他人《ひと》事《ごと》ながら、色恋というものは、人の気持ちを柔らかくするものなのかもしれない。だからといって、自分がしたいとは思わないし、そうなるきっかけがあるとも思えない。

若かりし頃、想いを寄せた女はいた。

亜紀《あき》。

今では神田小柳町一丁目にある町道場、中西派一刀流宗方道場の道場主宗方彦次郎《むなかたひこじろう》の女房となっている。彦次郎とは、若かりし頃、共に剣術修業をした仲で、今でも顔を出している。

亜紀への気持ちは確かに恋心だった。

しかし、狂おしいほどかと問われれば、
役目が果たせないほどかと問われれば、
否、と答えただろう。

「では、夕餉をお持ちしますね」

先ほど馳走になったにもかかわらず、食欲がある。眼前に銀シャリを見ると無性に食べたくなった。真っ黒に焦《こ》げた鰯《いわし》の塩焼き、大根の古漬けに豆腐の味噌汁。定観に馳走された高級料理屋の豪勢な献立とは天と地ほどの開きがあるが、自分にはむしろこうした料理の方が口に合う。

三十俵二人扶持。

その禄にふさわしい、いや、むしろ恵まれた食事というものだ。人には分《ぶん》というものがある。それから外れた者は不幸か。いや、それでは、向上心というものは無駄になってしまう。

人よりも大きな家に住みたい。美味いものを食いたい。そして、いい女を抱きたい。そう自分を叱咤、鼓舞して懸命に努力する者もおろう。そうした者を否定はしない。むしろ、偉いと思う。

問題はそうした努力が報われて世の中での地位を確立してからだ。地位は人を作るという。

地位にふんぞり返って、傲慢な振る舞いをする。そうした人間は珍しくはない。いわゆる、成り上がりと蔑《さげす》まれるゆえんだ。

ところで村上定観という男はどうだろう。

実に温厚で誠実、そして純粋だ。岳父の娘と婚儀を結び、婿養子入りしたということを卑怯な振る舞いであるということで自分を責めていた。

だが、江戸一と評判を取る今、その地位に奢るという姿勢はない。自分はもとより、京次にも分け隔てなく接してくれている。それは、絵一筋で生きてきたことを如実に物語っていた。

まさしく、純粋な男だ。

それゆえ、かつて想いを寄せた女に夢中になるのもわからぬではない。

そう思うと、定観に対する気持ちが和らいできた。以前に感じたようなわだかまりが消えている。

自分の心の平穏がそうした気持ちをもたらしているに違いない。

あくる三日、居眠り番に出仕した。

今日も取り立てて何もすることはない。火鉢に当たりながら茶を飲み、ぼんやりとしていた。

すると、

「おはようございます」

元気のいい声がした。

「おお、入れ」

　すぐに声で誰かとわかった。日本橋長谷川町の履物問屋杵屋の長男善太郎《ぜんたろう》である。善太郎の父善右衛門《ぜんえもん》とは長年にわたって懇意にしており、八丁堀同心と商人という関係以上のものを築いている。

「朝早くからすいません」

　善太郎は大きな風呂敷包みをよっこらしょと脇に置いた。

「精が出るな」

　包みの中には杵屋の履物が収納されている。この履物を持って、善太郎は新規開拓の商いに出ている。かつては、賭博に身を持ち崩し、やくざ者と付き合い、すっかりすさんだ暮らしぶりだった。それを源之助がやくざ者から善太郎を奪い返し、更生させた。今では、父の代わりに店を切り盛りできるほどに大きな存在となっている。日に日に成長を遂げる善太郎は源之助の目にも眩しく光って見えた。

「相変わらず、熱心なことだな」

　源之助が茶を淹れようとするのを善太郎は遠慮し、自分で湯呑に注ぎ、急須の茶を淹れ直して源之助の湯呑に注いだ。

「商いは常に新しいお客さまを獲得しませんことには、店《たな》が保《も》ちません」

「でも、五代にわたって暖簾を守っている杵屋ならば、既存のお得意と店売りで十分に食っていけると思うがな」

「しかしながら、杵屋の暖簾にあぐらをかくわけにはまいりません。わたしはわたしで新たな杵屋を作っていこうと励んでおります」

「偉いぞ」

心の底からそう思った。善太郎の成長がうれしくてならない。

「いや、蔵間さまにお誉めいただくとは、わたしもいささか、いや、大いに照れてしまうのと同時に責任を感じます」

「まあ、それはいいとして、今日はどうした」

源之助は茶を口に含んだ。

「それが、実は申し上げにくいのですが、父のことでちょっとご相談があるのです」

「善右衛門殿、いかがされた」

さすがに気になる。決していいことではないのは善太郎の表情を見れば一目瞭然だ。

「話を聞こう」

源之助が言うと善太郎はぴんと背筋を伸ばした。

四

「くれぐれも、父には内密に願いたいのです」

源之助は深くうなずく。

「その、言いにくいことなのですが、父に女ができたようなのです」

思わず、源之助はむせてしまった。あわてて善太郎が源之助の背中をさする。

「いや、すまん、すまん。いささか、驚いたものでな」

「唐突に過ぎましたか」

「唐突どころではない。青天のへきれきとはこのことだ。おまえが冗談でそんなことを申すとは思わぬが、いささか、考え過ぎなのではないか」

「わたしとて、にわかには信じられませんでした」

善太郎はいかにも深く悩む風だ。

「どうして、そんなことを疑うのだ」

「先月の末のことでございます。店の売り上げを整理しておりまして、五両ばかり金が不足しておったのでございます。もちろん、何度も繰り返し、勘定をし直して、算《そろ》盤《ばん》玉を弾いてみたのです。ところが、どうしても五両が足《た》りませんでした。わたしは、必死で探しましたが、結局出てまいりません。それで、自分で埋め合わせようと思い、父に報告をしたのです」

善太郎はここで言葉を止めた。

「して、どう申された」

話の先を促す。

「父は五両は自分が借りた、と、ぼうっとした顔で言いました」

「それで」

「五両は父が埋めました。しかし、うっかりしていた、つい、借りていたのを忘れていたと、まことに、これまでの父には到底ありえないことを話したのです」

「まこと、それは善右衛門殿らしからぬ態度であるな」

こうなると益々心配になる。

「わたしは、父を問いつめました。五両という金額の多寡《たか》よりも、何故、父が店の金に手をつけたのかが不安でしかたありません。そこで、まことに、無礼とは思いましたが、父のことを調べたのです」

善右衛門はこのところ、行く先も告げずに夕刻、外に出かけることがあったという。

「それで」

その先を聞かなくてもわかった。愛人ということだろう。

「父は女の許《もと》に通っておりました」

「何者だ」

「詳しくはわかりませんが、名をお香《こう》という若い娘でございます。長屋に一人で住まいしております」

「歳は」

「十七か八といったところでしょうか」

「娘盛りだな」

「自分の娘ほどの歳の女にいい歳をして、うつつを抜かすとは」

善太郎は顔をしかめた。

「おまえが腹立たしい気分になるのはわかるが、善右衛門殿とて連れ合いを亡くされて何年になる」

「おっかさんが亡くなったのはわたしが十の時ですから、もう、十二年になりますか」

「以来、後添いを持つこともなく商い一筋に働いてこられたのだ」

源之助の善右衛門を庇うような物言いに善太郎は驚きの表情を浮かべた。

「それはどういうことでございましょう。女を囲うことを認めよとおっしゃるのですか」

善太郎らしからぬ尖《とが》った表情となった。

「いや、そうではない」

否定はしたが、善右衛門の肩を持ちたくなったのは事実であり、その背景には定観の一件があることも事実である。が、その一件を持ち出せば、善太郎を混乱させるに違いない。

「蔵間さまにはお味方いただけると思っておりました」

善太郎は悔しげである。

「いや、おまえの主張を否定するつもりはない。が、善右衛門殿とて言い分はあるだろう」

「言い分というよりは、自分がお香にうつつを抜かしていることの言い訳を並べ立てるに違いありません」

「そう言うな」

宥《なだ》めるように源之助は右手を上下させた。

「ならば、わたしはどうすればいいのでしょう。今は五両ですんでおります。しかし、この先、父がお香に耽溺《たんでき》すれば、一体、いくらかかるのか、見当もつきません。まさか、店が傾くようなことがあったのなら」

「まさか、そのような」

頭から否定してみたものの、色恋に没入する男の執念を知っているだけに、自信を持って言葉に力がこもらない。

「そうでしょうか」

善太郎もそんな源之助の心の迷いを察知したようだ。

「はあ」

「まずは、善右衛門殿を信じることだ」

善太郎が納得できていないのは明らかである。

「ともかく、わたしが話を聞こう」

「お願いできますか」

「当たり前だ」

源之助は胸を叩く。

「まったく父としたことが、こんなにも情けないとは思いもよりませんでした」

善太郎は一安心したのか、表情を和ませた。

「まあ、そう言うな」

「でも、心配でしたよ。蔵間さまがまるで父の肩を持つようなことをおっしゃったので」

「そんなつもりはなかったのだがな」

言いながら後ろめたい気分に浸ったのは、やはり、善太郎に対する負い目であることは間違いない。物わかりがいいのも困りものだ。

「ならば、よろしくお願いします」

善太郎は改めて頭を下げた。

「ああ、任せておけ。夕刻にでも店に行こう」

ふと善太郎の顔に影が差した。

「父がいればいいのですが」

お香の家に行っていることを危惧しているのだろう。

「お香の家にだって乗り込むつもりだ」

その言葉に安堵の表情となった善太郎である。

「お手数おかけします。妙な影御用で申し訳ございません」

「なんだと」

源之助は視線を揺らした。

「父から聞いております。蔵間さまは、御奉行所の役目とは関係なく、辣腕同心であった頃のご経験を活《い》かして御用を行っておられると」

「いかにも。善右衛門殿から持ち込まれた御用がきっかけだった。我ら影御用と名付けてそれなりに、楽しいものだがな」

「それが、今回は父が影御用の対象となりますとは、いかにも皮肉な成行きでございます」

「おまけに、影御用の依頼主がおまえとはな」

「まったくでございます」

二人はしばし笑い合った。

「では、失礼申し上げます」

「うむ、あまり根《こん》をつめないようにな」

「はい、ありがとうございます」

善太郎は大きな風呂敷包みを背負い、いそいそと出て行った。

「ここにも色恋か」

源之助はごろんと横になった。それも、よりによって善右衛門が娘ほどの歳の差の女にはまり込むとは。

いやあ、わからん。

源之助は思わず叫んでいた。

するとそこに引き戸が開けられた。

「失礼しますぜ」

入って来たのは京次である。

「なんだ、おまえか」

源之助はむっくりと起き上った。

「なんだはご挨拶ですよ」

「そうか、悪かったな」

言いながら京次に視線を向けると背後に人の影がある。視線を凝らさなくてもそれが定観であることがわかった。定観は諦めきれず、京次を頼ったのだろう。そして、京次のことだ。自分が蔵間さまにもう一度頼むと安請負《やすうけおい》をしたに違いない。

そうは見当をつけても、さすがに、江戸一の絵師を門前払いするわけにはいかない。

「入られよ」

源之助は威儀を正した。

「さあ、定観先生、蔵間さまがちゃんと話を聞いてくださいますよ」

京次に伴われ、定観は伏し目がちな面差しでやって来た。

そして源之助の前に正座すると、

「どうぞ、よろしくお願い致します」

「昨日の件でございますか」

「思わぬことになりました」

定観が言ったところで、

「公方さままでが関わることになったんですよ」

京次が横から口を挟んだ。

第三章　流転のやり手

一

「公方さまとは大げさな」

源之助はくさすような言い方をした。いくら、江戸一の絵師であろうと、将軍に絵を献上しようと、己の色恋沙汰はあくまで私事である。そんな不満が口について出てしまったのだ。

「正真正銘、公方さまですよ」

京次の言うことは冗談ではないというのがわかる。

「一体、どういうことだ」

いわば、お義理で尋ねた。

いくら村上定観といえど、将軍が定観の色恋沙汰に介入するとは思えない。それなのに将軍の権威をちらつかせるのが腹立たしい。京次が答えようとするのを定観が制した。

「実は、今月の末日までに絵を描いて公方さまに献上しなければならなくなったのです」

定観の声は震えている。

京次が横から口を挟んだ。

「定観先生はご存じの通り、絵筆なんか握れない状態なんですよ。そんな定観先生が公方さまへ献上なさる絵を描かなければならないとは、こりゃ酷な話ですよ」

酷とは言い過ぎだと思うが、今日はむしろそれを肯定してしまうような気分に包まれてしまった。善右衛門の色恋沙汰がそれを後押しするようだ。

「蔵間さま、どうぞ、お願い致します」

定観からはまさしく切迫したものが感じられる。引き請けなければ、自害しそうな勢いだ。さすがに、首でも括《くく》られては寝覚めが悪い。

「つまり、菊乃さまにかけあって、先生と話ができればよろしいのですな」

「そうです」

定観はぴょこんと首を縦に振る。なんとまあ、単純な男であることか。

「まさか、菊乃さまとよりを戻したいというのではございますまいな」

いくらなんでも、将軍家御用達の絵師と、元は直参旗本の生まれとはいえ、今は岡場所のやり手となっている女とではいかにも釣り合いが取れない。

「それはありません」

さすがに定観とて己《おの》が立場をわかっているのだろう。定観はきっぱりと否定したが、果たして割り切れるものだろうか。仕事に手がつかぬほどに胸を焦がされている相手と、単に話をするだけで気が落ち着くものだろうか。焼け棒杭《ぼっくい》に火がつき、とめどもない恋情に翻弄されてしまうのではないのか。

そうなっては、益々絵筆を執ることはできまいし、自分の地位から転落してしまうかもしれないのだ。

「蔵間さま。天下の一大事ですよ」

京次の言うことは満更、大袈裟ではないようだ。将軍を持ち出されてはむげにはできない。これまでの源之助ならば権力者を盾に出てこられては、かえって反発心を募らせただけなのだが、善右衛門の色恋沙汰を聞いたこともあって、定観の願いを受け入れてもいい気分にも傾いている。

「わかった、お引き受けしましょう」

「ありがとうございます」

定観の声は弾んでいる。

「頭を上げてください。このようなむさくるしい男にそのようなことをなさるべきではござらん」

江戸一の絵師に頭を下げさせるのはさすがに気が咎めた。

「なら、善は急げです。早速《さっそく》、行きましょう」

京次は既に腰を浮かせている。

横で定観は期待の籠《こも》った目を輝かせていたものの、その視線は落ち着きがなく彷徨《さまよ》い始めている。源之助が引き受けるとなると、ありがたい反面、怖くなったようだ。

幕府の咎人を父に持つ菊乃との再会を危ぶむ気持ちが混じりだしたのかもしれない。

それなら、やはり、定観という男は弱い面があるのだろう。

だが、引き受けた以上はどうにかしなければ。

「定観先生は屋敷に戻っておられよ」

「吉報を待っていてくださいよ」

京次が調子よく付け加えた。

「よろしくお願い致します」

定観の表情からは、期待と不安が交錯している様子が読み取れた。

源之助と京次は菊乃がやり手をやっている上野池之端の岡場所桔梗屋にやって来た。

若い衆が源之助と京次を八丁堀同心とその手先と見て、

「なんです、手入れですかい」

などと手をこすり合わせながら寄って来る。

「やり手に会いたいんだ」

京次が言う。

「お菊《きく》にですかい」

若い衆は答えた。どうやら、菊乃はここでは単に菊と名乗っているようだ。

「会わせろ」

源之助はいかつい顔を突き出した。若い衆も源之助の顔に威圧されたようにもぞもぞとしたと思うと、

「一体、なんの御用ですか」

「会えばわかる。とにかく会わせろ」

わざとぶっきらぼうに返す。こうした連中には舐《な》められないことが一番だ。持前の凄みを利かせ、殊更に居丈高《いたけだか》な態度に出た。

若い衆はためらっていたが、

「おい、素直に聞き入れた方が身のためだぜ」

京次は腰の十手を引き抜き、若い衆の眼前でちらつかせた。

「わかりましたよ」

若い衆はこれみよがしに舌打ちをしながら奥へと引っ込んだ。

「まったく、下種《げす》な野郎だ」

京次は吐き捨てた。

「まあ、そう、腹を立てるな。ああいう、やくざな連中というのにまともに付き合っても仕方がない」

源之助の物言いはどこか達観したものだった。

「でも、腹が立ちますぜ」

京次が言ったところで、若い衆がどうぞと案内に立った。

源之助と京次は若い衆の案内で一階の奥まった一室に向かった。襖は既に開けてあった。

「邪魔しますよ」

京次が声をかける。

「どうぞ」

菊乃の声はしわがれていた。

源之助、京次の順で部屋に入る。菊乃と思《おぼ》しき女は疲れた様子で火鉢にもたれかかり、煙管《きせる》を吹かしていた。白い煙が横に流れていくのを菊乃は目で追いながら、

「わたしに御用ってどういうことですか」

菊乃はいかにもめんどくさそうで、けだるそうな態度を隠そうともしない。ただ、その横顔は切れ長の目、鼻筋が通り、小さくすぼまった唇は、なるほど定観が恋い焦がれた在りし日の美貌を留めていた。

「人払いをしてくれぬか」

源之助が言う。

菊乃は若い衆に目配せをした。若い衆はそれでも立ち去るべきかどうか迷っていたが、菊乃がもう一度目で訴えかけると、ようやくのことで部屋から出て行った。若い衆がいなくなってから菊乃は源之助に向き直る。

「お見かけしたところ、八丁堀の旦那のようですが、一体、なんの用ですか」

さすがに、元直参旗本の娘というだけあって、背筋をぴんと伸ばすと、武家の妻女ならではの育ちの良さを感じさせた。

菊乃に対し、どのような口ぶりで話せばいいのか。菊乃として接するべきかと道々考えてきたが、菊乃を目の当たりにするに至り、やり手になり切っている様子から、ここは今の境遇にふさわしい会話をすべきと判断した。

「立ち入ったことを聞くが、そなた、かつて、直参旗本で御公儀勘定吟味役飯岡庄左衛門さまの家の出であったな」

その一言を発した時、部屋には緊張の糸が張られた。が、とうの菊乃はそんなことはどこ吹く風、

「そうですけど、それがどうかしましたか」

と、平然としたものである。

「ああ、いや」

それは、源之助がかえって気圧されたほどに堂々たるものだ。

「どうしたんです。御法度《ごはっと》ですか、直参旗本の娘が岡場所のやり手をやるっていうのは。いや、そもそも、わたしの実家は父の不祥事で御取り潰しになったんですよ。その上、嫁入り先には離縁されました。ですからね、あたしはもう武家の娘ではないっ

てことです」

菊乃の態度には流転の人生を悲しむ風情はない。いや、内心では嘆いているのかもしれないが、それを曖気《おくび》にも出してはいない。

菊乃という女、強いのかもしれない。直参旗本の妻女からやり手に転落したその半生が菊乃をして強靭な神経を備えさせたのかもしれない。

「それはまあ」

源之助は口ごもった。

京次も口を挟もうとした。

「なんですよ」

益々、菊乃の目はきつくなる。

京次までもが気圧された。

「ま、それはともかくとしてだ。絵師村上定観先生を存じておるか」

この問いかけに菊乃は表情を動かすことはなかった。全くもって無反応に、

「知ってますよ。先日、やって来ましたからね」

菊乃は事もなげに答えた。

菊乃はわかっていた。わかっていてあんな素っ気ない態度を取ったということだろ

う。やはり、菊乃は定観が尋ねてきたことを迷惑に思っていたのだ。そのことは予想できたがために、源之助にも驚きはない。

「で、なんです。そうですかい、旦那方、吉次郎さん、いや、吉次郎さんなんて呼んじゃあいけないいんですね。村上定観先生の使いでやって来たんですかい。どんなにお偉い絵師になっても、未練たらしい男だこと」

菊乃は鼻で笑った。

「まったく、あんたって女は」

京次は我慢がならないようだ。

「なにさ、あたしゃ、今はやり手をやっているんですよ。そんな女、って言われましてもね、しおらしくしてろって言うんですかい。そんなことじゃ食べてはいけませんよ。それともなんですか、定観がわたしの暮らしを面倒みてくれるっていうのですか」

菊乃は凄い剣幕でまくし立てた。

「そうじゃなくって、あんたのことを恋い慕っていた定観先生の気持ちをくみ取ってやれねえのかって言ってるんだい」

京次も負けてはいない。

「めそめそしてるね。そんなところは若い頃とちっとも変りはしないよ」

菊乃は吐き捨てた。

「このあま」

京次の目が吊り上った。

「なにさ」

菊乃も睨み返す。

二人はまさしく角《つの》を突き合わせた。

「おい、おい」

源之助が間に入った。これにより、菊乃は落ち着きを取り戻したようである。

「ともかく、今さら、昔の男に会いたいって言われても迷惑ですよ」

菊乃の意思は固そうだ。

「そう、言うなよ」

京次はしがみつくように訴えかける。だが、菊乃の目はこれ以上の訴えを拒絶していた。

「じゃあ、あんたに頼むことはできねえかもしれねえが、いくばくかの謝礼が出るっていったらどうなんだい」

京次は奥の手とばかりに告げた。

菊乃の表情が動いた。

「いくらですよ」

「五両だ」

すかさず京次は答える。

「五両」

菊乃は空で思案するように視線を彷徨わせた。それから、

「十両ならね」

と、にんまりとする。

「けっ、しっかりしてやがる」

京次は鼻白《はなじろ》んだ。

二

「何度も言いますようにあたしやり手ですよ。やり手が銭金に拘《こだわ》るのは当たり前じゃあござんせんか。いえ、むしろ、褒められて当然だと思いますがね」

菊乃の言葉は小気味いいほどに明確である。

「言ってくれるじゃあねえか」

「十手持ちだからって、偉そうにして欲しくないね。こちとら、身体張ってやっているんだから」

菊乃はまさしく啖呵《たんか》を切らんばかりの勢いになった。

「わかったよ、そんな大きな声出すことねえじゃあねえかよ」

「大きな声も出したくなるってもんだ」

間に立った源之助は呆れ顔で、

「わかった、わかった。もう、その辺にしておけ」

さすがに菊乃は言葉を引っ込めたが、その代わり煙草の煙を京次の顔に吹きかけた。

京次は腰を浮かし菊乃に向き直ったが、源之助に制せられ、浮かした腰を落ち着けた。

「して、どこで会う」

源之助が尋ねた。

「この足で先方の御屋敷に行ってもいいですよ」

煙草の煙が天井に向かって立ち昇る。

「いや、それはまずいんじゃあねえですかね」

あわてて京次が身を乗り出す。

「おや、都合悪いですか。そうでしょうね。定観先生は今やあたしなんぞがそばには寄れない大きなお方なんですから」

菊乃は言葉ほどには定観に尊敬の念を抱いていないのは明らかだ。

だが、面倒なことだ。

「どこへでも行きますよ。その場で十両もらえるのならね」

菊乃は余裕しゃくしゃくである。

「よいではないか。定観先生の御屋敷に出向こう」

源之助の思わぬ一言で事態は動くことになった。

「よろしいのですか」

京次は驚きの表情だ。

「それ、八丁堀の旦那のお許しが出たよ。ありがたいね」

菊乃は出かける支度をすると言った。源之助と京次は外で待っていると部屋から出た。京次が、

「いいんですか、定観先生の御屋敷なんかに押しかけて」

「かまわんさ」

「迷惑がかかるんじゃありませんかね」

「元々、会うことを望んだのは定観先生なのだぞ。だったら、菊乃が訪ねて来てもなんの躊躇《ためら》いがあろう」

「でも、ねえ」

京次は言い辛そうに口ごもった。波風が立たないようにした方がいいんじゃないかと言いたいようだ。源之助としては、多少の波風が立った方がむしろ喜ばしいと思っている。その方が定観も諦めがつくというものだ。

荒療治した方がいいのだ。

「蔵間さまは定観先生のことがお好きじゃないようですね」

「好き嫌いの問題ではない。その方が事態は落着すると申しておるのだ」

源之助の声に苛立ちが入り混じったのは、京次との言い争いもさることながら、これから待ち受ける善右衛門の問題のことも頭にあるからだ。

「蔵間さまにしてみたら、くだらない男女の色恋沙汰ですけどね」

「くだらないとは思わんがな」

ようやく笑みを見せる。

「おや、これは意外な言葉だ」

「何事も時が解決するものさ」

「そうだといいのですがね。ところで、遅いですね」

京次は店の中を振り返った。

「まさか、逃げやがったんじゃ」

京次は言うと店の中に入って行く。源之助も続いた。

「お菊はどこだい」

京次が声をかける。

「裏口から出て行きましたよ」

若い衆が背後を振り返った。源之助は京次を伴い、店を突っ切ると裏口に至った。裏庭を横切ろうとする菊乃の後ろ姿が見える。京次が駆け寄ろうとしたところで、

「な、なんだい」

菊乃の甲《かん》走った声がした。すると、数人の怪しげな男、身形《みなり》からして浪人風の男たちが菊乃の前に立ちはだかった。浪人の一人が菊乃の腕を摑む。菊乃はそれを振り払い、

「何するんだい！」

凄い剣幕で応じた。

しかし、それで諦める浪人たちではない。今度は菊乃の髪を摑み、引きずるようにして連れて行こうとする。

「やめな！」

京次が声を放ったが浪人はひるまない。源之助の胸が躍《おど》った。それは、久しぶりに感じる心躍るものだった。京次の横をすり抜け、浪人たちの輪の中に走り込んだと思うと、大刀の峰を返し、四方八方に振るう。浪人たちは成すすべもなく、三々五々、算《さん》を乱《みだ》して逃げ去っていった。

「もう、大丈夫だぜ」

京次はおそらくは恐怖に身をすくませているだろう菊乃に気遣いの声をかけた。ところが菊乃は、

「蔵間の旦那、お強いですね。大したものだ。あたしゃ、見直しましたよ。ご自分でも、居眠り番なんて冴えないお役目を担っておられるっておっしゃっていらしたし、なんとなくやる気のなさそうな昼行燈のようなお方だとばっかり思っていたのに、こんなにもお強いんだもの」

菊乃は言葉通りの羨望の眼差しを向けている。

源之助は苦笑を浮かべた。

「あたり前だ。蔵間源之助さまといやあ、泣く子も黙る鬼同心だったんだ」

京次は誇らしげである。

「それで、今のは何者なのだ」

源之助が尋ねる。

「妙な連中なんですよ」

菊乃は眉間に皺を刻んだ。

「一体、どうした」

「いえね、ちょっと、込み入っているんで」

いかにもここでは話し辛いといった風である。

「そうですね。ここのちょいと先に茶店がありますんで。そこへでも行きましょうか」

菊乃はこれまでの態度とは一転、それは愛想よくなった。源之助は苦笑を漏らしながら、菊乃の案内に従う。

「いやあ、旦那と知り合えてよかった」

「調子いいな」

京次は呆れ顔だ。

「何度も言いますようにあたしゃ、やり手ですからね。調子いいのが信条ですよ」

菊乃の態度は言葉通り、いけしゃあしゃあとしたものだ。

「まったく、あんたにはかなわないよ」

京次も諦め顔になった。そんな二人のやり取りを源之助はおかしげに横目で見ていた。やがて、三人は不忍池の畔にある茶店へと入って行った。そこの奥まった一室で三人は向かい合う。

「さて、聞こうか」

源之助が言う。

「いえ、大したことじゃないんです」

菊乃は妙にしおらしくなった。

「どうした、遠慮はいらんぞ」

源之助は先を促す。

「いえね」

まだ、菊乃はためらっていた。

「おめえらしくもねえやな」

京次は言う。

三

菊乃は思い切ったように切り出した。

「実はあたしの亭主っていうのが、今の店を営んでいるんですがね」

菊乃に亭主がいるとは意外だが、考えてみればいてもおかしくはない。亭主は甚吉《じんきち》という女衒《ぜげん》上がりで、とにかく口がうまく、しかも度胸があり、おまけに鼻っ柱が強い男だそうだ。皮肉にも定観とは真反対である。そんな男ゆえ、富を蓄え、いつしか自分でも岡場所を持つまでになった。

ところが、その強引な手法は方々で反発を招き、親分筋に当たる池之端の牛熊《うしくま》とは敵対関係にあるという。

「その、敵対関係になった原因っていうのが、ある娘なんですよ」

菊乃が言うにはその娘はかつて牛熊が目をつけ、自分の店に出そうと狙っていた上玉《じょうだま》なのだそうだ。

「それをうちの人が結果的には横やりを入れて、もっと、高値で買い取る約束をしたのです」

「それで、あの浪人たちというのは牛熊が雇ったのだな」

「十中八九、間違いござんせんや」

菊乃は確信をもって答えた。

「血を見ることにまでなったのか」

源之助が問いかける。

「まあ、抜き差しならないところまで来てしまいましたね」

「そんないい女なのかい」

京次が訊いた。

「あたしも一度だけ見たんですがね、それはもう、十年に一人ってくらいの娘ですよ。吉原でも売れるようなね」

「そんな娘が身を売らねばならぬのか」

源之助は不快そうにいかつい顔を歪ませた。

「お定まりのことですよ。親父のこれです」

菊乃は娘の親父が牛熊の賭場に出入りをしているうち借金を背負い、娘の身売りをするようになったという事情を話した。

「牛熊の奴、最初から仕組んでいたんですよ。お香の親父をうまく賭場に引きずり込んでね。お香ってのが問題の娘なんですけどね」

「娘をものにするために親父に博打を打たせ、それで借金漬けにして、口答えできないようにするってのはいかにも常套手段ですぜ」

京次は言った。

「そうした連中とうちの人は五分で渡り合っているってわけですよ」

「別に誉める気はねえがな」

京次は苦笑で答える。

「親分さんに誉めてもらおうなんて思ってやしませんさ」

菊乃の言い方は妙にしんみりとしたものになった。それは甚吉への思慕の念を感じさせるものだ。

「それで、甚吉はどうしているのだ」

源之助が尋ねた。

「ですから、そのお香のところへ行っていますよ」

「お香の親父に談判でもする気か」

「親父はもう寝たきりになって、話が通りませんからね。ですけど、親父の借金を肩代わりするって商人が出てきて、話がややこしくなったんですよ」

「へえ、その商人もお香に惚れたってわけか」

京次が口を挟む。

「そのようですよ。商人ですから、岡場所に売るんじゃなくって、囲うつもりなのかもしれませんけどね」

菊乃はいかにも助兵衛親父と言いたげだ。

「それで、うちの人はお香の家にその商人がやって来るから話をつけに行くって出て行きました」

「まったく、どこのどいつですかね。そんな助兵衛親父は」

京次はおかしそうだ。

「日本橋の履物問屋のご主人だそうですよ。なんでも、五代続く老舗だとか」

菊乃の言葉に源之助も京次も思わず顔を見合わせた。

「店の名は」

源之助に怖い顔で問い詰められ、菊乃は目を伏せたが、

「ええっと、確か、杵、なんとかって」

「杵屋かい！」

叫んだのは京次である。

源之助は固く唇を引き結んだ。

「そんなはずはねえやな。杵屋さんのはずはねえ、ねえ、蔵間さま」

京次は頭から否定したものの、善太郎から善右衛門が若い娘に耽溺している話を聞いた後だけに胸の中には暗い澱《おり》のようなものが蓄積している。

「うん、まあ、そうだな」

言葉尻が怪しくなる。

「いいかい、杵屋のご主人善右衛門さんといやあ、商人としてはもちろん、大変に徳深いできたお方なんだ。まかり間違ったたって、若い娘を囲うなんてことなさるはずがねえ」

京次は啖呵を切った。

当然、菊乃も負けてはいない。

「どんなお偉い方だってね、色恋はするし、そういう真面目なお方に限って色恋の道に足を踏み入れたら、二度と抜け出ることができないくらいに深みに嵌《はま》ってしまうものさ。そんなこと、十手持ちのくせにわからないのかい」

「言いがやったな。それくれえのこと、やり手に言われなくっても、こちとらわかっているさ。わかっている上で言っているんだ。いいか、杵屋善右衛門さんに限ってそんなことはなさらねえ」

「その限ってってのが、世の中、わからないのさ」

「杵屋さんにはその限ってが通じるんだよ」

同意を求められる源之助は心苦しい気分に浸った。そんな微妙な表情の変化をさすがに菊乃は読み取ったようで、

「おや、蔵間さまのお顔は曇っていらっしゃるよ。どうやら、心当たりがおありなんじゃないかね」

菊乃の言葉は険《けん》があるものの、京次のように言い返すことができない。

「馬鹿、蔵間さまはな、杵屋さんを悪《あ》しざまに言われてお腹立ちなんだよ」

「そうですかい。ま、じきにわかることですよ。その助兵衛商人が親分さんが言うご立派な商人なのかどうかかね」

「ああ、賭けたっていいぜ」

京次は身を乗り出した。

「面白いね。やろうじゃござんせんか。なら、十両ってことで」

菊乃は大きく出た。

「十両だと」

京次は目をむく

「なんだい、十両って聞いて怖気《おじけ》づいたのかい」

「てめえ、その十両は定観先生から巻き上げるつもりだろう」

「巻き上げるって言い方はひどいね。あたしゃ、頼まれて会いに行くんだ。ああ、そうだ。定観先生のところへ行かなきゃ」

菊乃は思い出したようにはっとなった。それから思い直したように、

「でも、今はそんな気分になれないね」

「そりゃ、そうだ」

京次も応じる。

「なんだか、あの人のことが心配になってきたよ」

「おまえでも、亭主は心配か」

「当たり前じゃないのさ。あの人のお蔭で命を拾ったんだからね」

菊乃の表情には神妙さが感じられた。それは、定観がかつて恋い慕っていた若い頃を彷彿《ほうふつ》とさせるものだった。

「蔵間さま、定観先生のところへ行く前にお香のところへ行ってくださいませんかね」

やり手のお菊とは別人のようなしおらしさだ。

「それはかまわんが」

そう答えたものの、行った先で善右衛門と鉢合わせるようで気が重い。だが、そんな源之助の心情など知るはずもない京次は、

「よし、確かめようじゃねえか。その助兵衛商人が杵屋さんなんぞじゃねえってことをな。そして、杵屋さんを名乗るとんでもねえ野郎の面《つら》の皮を引っぺがしてやるぜ」

と、意気込んだ。

「なら、これで決まりですね」

菊乃は腰を浮かした。

「よし、善は急げだ」

京次も大した張り切りようである。そんな二人をよそ眼に源之助は益々気が重くなってしまった。

「さあ蔵間さま」

菊乃の心は既にお香の家、いや、甚吉にあるようだった。

四

源之助と京次は菊乃に導かれ、上野黒門町にある長屋にやって来た。日当たりのいい、割合と清潔感が感じられる長屋である。

「この長屋、杵屋の旦那が用意したって話ですよ」

菊乃は面白がった。

「だから、杵屋さんじゃねえって言っているだろう」

京次の反論もどこ吹く風。

菊乃はすたすたと歩き、長屋の真ん中に立った。そこから源之助を振り返る。そうしておいて、

「ごめんください」

と、声をかけた。

が、返事はない。

「誰もいないのかね」

菊乃は小首を傾げた。

「開けてみればいいじゃねえか」

京次はこともなげだ。

「なら、開けますよ」

菊乃は源之助と京次に責任を押し付けるようにして確認を取ってから腰高障子に手をかけた。障子はするりと開いた。開け放たれた途端、家の中を見通すことができ、狭い土間を隔てて小上がりになった四畳半の板敷が見える。そこに、黒い塊のようなものが転がっていた。

菊乃の目が落ち着きを失った。

「おまいさん」

菊乃は土間をまたぎ、板敷に上がった。源之助と京次も続く。

「おまいさん」

菊乃は男を揺さぶった。

男の身体が仰向けになり、胸に包丁が突き立っていた。

「そんな」

菊乃は唇を真っ青にさせながらわなわなと震えた。

「甚吉か」

源之助は静かに尋ねる。

「そうです」

確かな声で菊乃は答えた。それが、唯一残された武家の息女としての毅然とした態度であるかのようだ。

「むげえな」

京次もさすがに迂闊《うかつ》なことは言えないと思っているのだろう。そう答えた。

「誰が」

菊乃は言ってから、

「牛熊だ。牛熊の仕業に違いござんせんよ」

菊乃は両の目に暗い光を灯した。それから、源之助を見る。

「お願いします、牛熊を、御縄にしてください」

「おまえの気持ちはわかるが、まだ、下手人《げしゅにん》がはっきりとしないうちから、迂闊《うかつ》な真似はできない」

源之助は至って冷静である。

「でも、はっきりしているじゃありませんか」

菊乃は思い切り反論した。

「まだ、調べてもおらん。おまえの口から甚吉がここに住む娘お香を巡って牛熊と対立していたことだけがはっきりとしているのだ。従って、まずは、調べてみんことにはな」

「そんな悠長な」

菊乃は口を尖らせた。

「辛いだろうが、ここは蔵間さまのおっしゃることに従うんだ」

京次の物言いはこれまでと違っていたって落ち着いたものとなった。菊乃はしんみりとなり、

「あたしゃ、さっきも言いましたけど、甚吉に命を拾われたんですよ」

菊乃は嫁ぎ先を離縁され、実家も改易となり、頼れる親戚もないとあって、途方に暮れてしまった。町を彷徨《さまよ》い歩くうちに、

「吾妻橋から身を投げようと思ったのです」

吾妻橋の欄干から身を投げ入れようとした時に通りかかったのが甚吉だった。甚吉は近くの料理屋に連れて行ってくれ、まずは、飯を食わせてくれた。それから、身の上を聞き、

「それはもう、親切にやさしくしてくれました。住まいを探してくれ、そこに住まわ

せてくれたんです」

　甚吉は直参旗本の娘と知り合い、それがうれしいそうで、決して代償を求めることなく、献身的に尽くしてくれた。菊乃は最初のうちは警戒心を抱いていたが、次第に甚吉への信頼を強め、愛情を抱くようになったという。

「甚吉が女衒をやっているって聞いて、はじめは驚きましたが、苦にはなりませんでした。それどころか、甚吉の飾らない人柄に好感を抱くようになったのです。それで、甚吉が店を構えることになり、わたしにその店を切り盛りしろと言われました。そんなことできはしないと断ったのですが、甚吉の熱心な説得と、わたし自身、堅苦しい武家の暮らしがいやになったということもあって、引き受けたのです」

　それから、菊乃はごく自然に甚吉と結ばれ、

「三年もすると、この商売がすっかり板についてしまいましてね、今では一角《ひとかど》の遣《や》り手婆《て》になってしまったということです」

「なるほどねえ、あんたも苦労したってわけだ」

　京次までもがしんみりとなった。

「ですから、わたしは、牛態を絶対許せない」

「わかるぜ」

京次はすっかり菊乃の味方である。それから源之助に向き、

「蔵間さま、早速、牛熊のところに乗り込みましょうぜ」

「おまえまで熱くなってどうする」

「だってそりゃあ」

京次は心外とばかり、眉をしかめた。

「いいか、ここは落ち着け」

「でも、下手人ははっきりしてますぜ。牛熊に決まっていますよ。現に、菊乃のことを狙っていたんですからね」

「決めつけることはできん」

源之助は撥ね付ける。

「じゃあ、他に誰がいるっていうんですよ。甚吉はここで殺されているんですよ。甚吉がここに来るってことを知っているのは、他にいますかい。他にいるとすれば、お香とそれから杵屋さんの名を騙る商人だ。まさか、お香ってことは考えられませんよ。見たところ、甚吉は相当に大柄だ。か細い娘が包丁を振り回したって、そう、簡単には突き殺すことなんてできやしません。となると、あえて、疑うのなら、その商人ということになるんじゃござんせんかね」

そうだ。

その可能があるのだ。

京次は頭から商人を杵屋善右衛門とは疑っていないが、商人が善右衛門である可能性は高い。そうなると善右衛門を疑うことになるのか。

いや、それはいかにも取り越し苦労というものかもしれない。

「蔵間さまらしくありませんぜ。いつもの蔵間さまなら、もう、その足で牛熊のところに向かっていなさるんですから」

「そうですよ」

菊乃も強気だ。

「まあ、待て」

と、源之助が抗《あらが》ったところで、腰高障子に人影が映った。

「きゃあ」

娘の悲鳴が上がった。

「お香」

菊乃が声を発した。

「お香だって」

京次も視線を向けた。

お香はしなだれかかるようにして家の中に入って来るなり、

「杵屋さんは、杵屋さんはどちらでしょう」

「杵屋とは日本橋長谷川町の履物問屋杵屋善右衛門殿のことか」

源之助の問いかけにお香はしっかりと首を縦に振った。

第四章　身請け

一

お香の証言はさすがの京次をもいささか、いや、大いにあわてさせるものだった。

「まさか、本当かい」

京次は念押ししたものの、その声のしぼみようは自信のなさを裏付けるものだ。

「杵屋のご主人善右衛門さんに間違いございません」

お香はきわめてはっきりと答えた。

「蔵間さま、これは」

京次の顔に怯《おび》えが走っている。

「早計には断じられないが、話を訊くべきだな」

控え目な物言いになってしまうのは、善右衛門への信頼と遠慮があるからだ。

「その杵屋、なんとかしてくださいよ」

菊乃が言う。

お香はどうしていいかわからないのだろう。すっかり怯えている。

「ともかく、番屋へ行ってきますよ」

京次は言った。

「わたしは、どうすればいいんですか」

菊乃が訊いた。

「ひとまずは、番屋まで行ってきますよ」

源之助は思案をしながら言った。


その半時ほど前のことだった。

善右衛門はお香の家を訪ねた。

「ごめんください」

声をかけたのは甚吉が来ているかもと思ったからだ。お香にはしばらく家を空けているよう言ってある。甚吉と二人で話し合いを持とうと思ったのだ。

返事はない。

来ていないのか。まあ、いい。先に待っていて、甚吉がやって来るのを待とう。

腰高障子を開けて中を見る。

四畳半の板敷に男が寝ている。甚吉のようだ。

「甚吉さん、起きてくださいよ」

善右衛門は声をかけた。しかし、甚吉は身動き一つしない。仕方ない。上り込んで、肩を揺すぶった。

「起きてください」

甚吉の身体がごろんと仰向《あおむ》けになる。

「ああっ」

甚吉の胸には包丁が突き立っていた。反射的に包丁に手をやる。それから、あわてて手を引っ込める。手にべっとりと血が付いてしまった。

「ダメだ」

善右衛門はあわてて板敷を飛び下り、そのまま家から出た。路地に立ったところで、周囲を見回す。奥まった井戸端で数人の女たちが洗濯をしていた。自分が殺したわけではないにもかかわらず、下手人と思われるのではないかという恐れが押し寄せる。恐怖心に突き動かされるようにして路地を進み、木戸に向かうと、木戸から入って来た棒手振《ぼてふ》りの魚売りと鉢合わせた。

「す、すみません」

盤台から鰯が零れ落ちてしまった。

「いや、旦那、そんな、お気遣いなく」

魚売りは羽織を重ねた善右衛門の身形《みなり》を見て、大店の商人と認めたのだろう。神妙な顔で言う。

「わたしが、悪いのです」

少しでも早く逃げ去りたいのだが、そこは善右衛門らしい律儀さが鎌首をもたげてしまった。

「いや、本当に結構ですって。それより、旦那、お怪我をなさったんじゃござんせんか」

魚売りは善右衛門の着物に付着した血痕に目を止めた。途端に恐怖心が押し寄せる。

「いや、なんでもないよ」

聞かれもしないのに、早口に言い添えると、そのまま立ち去った。この寒空にもかかわらず、額にはべっとりと汗が滲んでいる。身体中が火照《ほて》ってしまって仕方がない。

「どうしよう」

このまま放っておいていいものではない。自身番だ。自身番に届けよう。

しかし。

自分が下手人と思われてしまうのではないか。それに、お香のことがある。お香の家で岡場所の主と会っていたなんて、きちんと申し開きをすればいいのだが、善太郎や店の者にはどう言おう。

「そんなことはどうでもいいんだ」

迷いを払うように首を横に振り、近くの自身番を目指すことにした。

前方からいかにも八丁堀同心の身形をした男がやって来る。何故か反射的にくるりと背中を向けてしまった。

たちまち、

「おい」

八丁堀同心に呼び止められた。

「は、はい」

答える声が震えてしまう。

「その血、どうした」

八丁堀同心は近寄って来た。

「なんでもございません」

善右衛門は急ぎ足になった。が、それがかえって不信を招いたようで、

「待て！」

同心の甲走った声がした。

「なんでもないのです」

消え入りそうな声でそう答えたものの同心がそれで許してくれるはずもなく、

「いいから来い」

と、半ば引きずられるようにして自身番へと連れて行かれた。自ら進んで自身番に顔を出し、甚吉の亡骸《なきがら》を見つけたと報告するのと、同心に半ば強制的に連れ込まれて、白状同然に報告するのとでは天と地の開きがある。

それでも、血にまみれた着物の説明をせねば許されることはない。時を要することもなく、甚吉の亡骸が発見されるのは火を見るより明らかだ。そんな善右衛門の心の内を知ってか知らずか。

「おれは、南町の大岡《おおおか》だ」

と、名乗った。

善右衛門としても名乗らないわけにはいかない。

「日本橋長谷川町で履物問屋を営んでおります、杵屋善右衛門でございます」

するとと大岡の顔がやや柔らかになった。

「杵屋の主か、そうか。で、その血はなんだ」

最早隠し立てはできない。お香の家を訪ね、そこで甚吉の亡骸を見つけたことを報告した。大岡の顔がゆがんだ。

「なんだと」

「ですから、そのことを届けようと思いまして自身番にやって来たのでございます」

善右衛門は真摯《しんし》に答える。

「ほう、そうか。事の真偽はともかく、まずは、亡骸を検《あらた》めるとしよう。案内致せ」

「承知しました」

善右衛門は落ち着きを取り戻し、自身番を出ようとした。すると、腰高障子が開き、京次が飛び込んで来た。京次は善右衛門と思いもかけずに遭遇してしまったことに驚いたものの、

「杵屋の旦那じゃござんせんか」

と、挨拶をした。

「ああ、京次親分」

「どうしなすった、その血」

京次の表情は驚きと戸惑いに彩られた。善右衛門が答える前に、

「この近所で殺しがあった」

大岡が京次をねめつける。

「そうなんですよ」

京次は即座に反応した。

「なんだ、おまえ、知っているのか」

「北町の蔵間さまが亡骸を検めておられます」

「蔵間さんが」

大岡はおやっという顔になる。源之助の名を耳にして善右衛門の表情も明るんだ。

「よし、ならば、行くぞ」

大岡を先頭にお香の家へと戻って行った。その間、京次は善右衛門に何かれと訊きたそうだったが、大岡の手前、問いかけるのを遠慮した。

やがて、三人がお香の家にやって来た。

「蔵間さま、よくぞここに」

善右衛門の声は震えている。

「善右衛門殿、どうなさった」

善右衛門がここに来た理由は見当がつくものの、どんなことを話していいのかわからず、微妙な表情となってしまった。

「わたしはその娘お香を身請けしようと甚吉さんと交渉するためにやって来たのでございます」

善右衛門はいつもと違い言葉が上滑りになっている。

「ええっ」

京次は声を出したが、それは自分の悪い予感が当たったことのやるせなさを物語っていた。

「みろ、やっぱり杵屋さんじゃないのさ」

菊乃は勝ち誇ったようだ。

「そうなのですか」

源之助が言うと善右衛門は怪訝な表情となった。

「実は善太郎から相談を受けておったのです」

善太郎が自分を訪ねてきて、善右衛門が若い娘に耽溺していることを相談されたことを話した。

「善太郎がそんなことを蔵間さまにご相談致しましたか」

善右衛門は微妙な笑いを浮かべた。

二

「わたしは、わたしは、どうすればよろしいのでしょう」

お香は混乱している。

「おまえは心配することはない」

善右衛門が気遣いを示した。

「でも、わたしのせいで、人が殺されてしまったのです」

ここで大岡が、

「どうやらこの一件、蔵間さんが深く関わっておいでのようだ。この後は、蔵間さんにお任せするとしよう」

「そう願えればありがたい」

こうなったら、善右衛門のこともあり、乗りかかった船ということだろう。目の前で人殺しが起きたのを放っておくことはできない。八丁堀同心としての意地と誇りが許さない。

「では、蔵間さん、これで失礼します」

大岡はそう一言言い残してその場を立ち去った。

「あの、うちの人、いつまでもここに置いておけません。このままじゃ、成仏できませんよ」

菊乃は訴えかけてきた。

「いいだろう。引き取ってやれ」

源之助に言われると菊乃は甚吉がまるで生きているかのようにやさしく語りかけた。

「おまいさん、家に帰ろうね」

それはとてものことやり手とは思えない柔和な表情である。

「ならば、善右衛門殿」

源之助は善右衛門に向き直る。善右衛門はどこへも逃げ隠れはしないというように源之助を見返した。

「ならば、どこか外で話を訊こう」

「では、自身番がよろしいかと思います。ついでと言ってはなんですが、お香も一緒に」

お香に異存はなさそうだ。

「それから、善太郎にも来るよう使いを出したいのですが」

「そうですな、それがよろしゅうございますな」

「なら、ひとっ走り行ってきますぜ」

京次が請け負うと一目散に出て行った。

源之助は善右衛門とお香を伴い、自身番へとやって来た。番をしていた町役人たちにちょっとの間、席を外《はず》すよう言ってから、二人と向き合う。

「本当に蔵間さまのお手を煩わせることになり、まことに申し訳なく思っております」

いかにも善右衛門らしい誠実さだ。

「そのことはもう、気になさらないでくだされ。それよりも、お香を身請けしようとなさるその詳しい事情をお聞かせくださらぬか」

ここは同心としてではなく、一人の友として善右衛門の話を聞きたい。そう思って表情を柔和にした。

「実はこのお香は、わたしが若い頃に見初《みそ》めたお里《さと》という女の忘れ形見なのです」

横でお香はやたらと神妙な顔つきで座っている。

源之助は当惑してしまった。若かりし頃、見初めた女の娘。ということは、母親への思慕の念からお香のことを助けてやろうと思ったということか。まったく、定観といい、善右衛門といい、どうして若き日の思い出に我が身を耽溺させてしまうのだ。

おおよそ、自分には理解できないことだ。しかし、善右衛門に自分の考えを押し付けるつもりはない。善右衛門なりに自分の気持ちを整理してのことだろう。

「お恥ずかしい限りです。さぞや、腑抜けた男と蔑《さげす》むことでございましょう」

善右衛門は恥じらうように面《おもて》を伏せた。

「いや、それは」

源之助は的確に勇気づけることができなくて、戸惑い気味になってしまった。

「お笑いください」

自嘲気味な笑いを浮かべる善右衛門の横でお香もうなだれていた。

「なんの、恥じらうことがござろう。いかにも善右衛門殿らしい思いやりと慈愛に満ちた行いと感服致しました」

「そう言ってくださるのは蔵間さまだけです」

「善太郎とて、この話を聞けばきっとわかってくれます」

「そうでしょうか。一応、百両ほどで身請けの話をつけようと思ったのです。店の金には手をつけないつもりでしたが、百両ともなりますと、わたしの蓄えだけでは、いささか苦しいのが正直なところです」

「それなら、ちょうどいい。間もなく善太郎がここにやって来るのですから、じっくりと話し合ったらよろしかろう」

「まことに勝手ながら、蔵間さま、立ち会っていただけますか」

善右衛門にしては珍しく弱気な態度である。こんな善右衛門は見たことがない。それだけに、お香やその母お里への想いがただならぬものであろうことが予想できる。

「もちろんでござる」

源之助が力強く請け負ったことで善右衛門はようやくのこと緊張を解《ほぐ》したようである。そして、それはそのままお香にも受け継がれ、お香も強張った表情を幾分か緩めた。すると、暗い感じだった若い娘にかわいらしさが加わり、なるほど、甚吉と牛熊が競り合うのもわかるくらいの上玉というのが納得できる。

「お香、安心なさい。蔵間さまが間に立ってくだされば、安心だ」

善右衛門の言葉にお香も真摯にうなずく。

そうしているうちに腰高障子を叩く音がした。

「いきなり善太郎にお香を会わせないほうがいいですな」

「わかりました。では」

善右衛門の指示でお香は隣室に消えると襖をぴたりと閉じた。

「入れ」

源之助が声をかけると京次に伴われた善太郎が入って来た。その目は鋭く凝らされ父親を敵視するかのように睨み上げている。

「おい、善太郎、そんな目をするな」

源之助に注意をされ善太郎は面白くなさそうに頭を下げる。それから善右衛門の前に座ると、

「親父、娘を身請けするってどういうことだい」

いきなり本題に入ってしまった。

あまりの善太郎の勢いに京次は気を利かせねばならないと思ったのだろう。そっと表に出るとぴたりと腰高障子を閉めた。

「いや、それは」

善右衛門は気圧されるようにして言葉尻が曖昧になってしまった。

「それは、じゃない、そんなこと、絶対に認めない。第一、死んだおっかさんに顔向けができないよ」

「それはわかっている」

善右衛門が答えたそばから、

「わかっていないじゃないか。おとっつあんのこと、見損なったよ。おれは内心でおとっつあんのことを誇らしく思っていたんだ。商人として、人として、できた人だと、こういう風になりたいって、それはもう心から尊敬していたんだ」

善太郎の目は真っ赤に充血し、涙が滲んでいた。

善右衛門は助けを求めるように源之助を見る。源之助は苦笑を浮かべながら、

「善太郎。話は最後まで聞いたらどうだ」

「聞いてますよ」

善太郎は着物の袖口で涙を拭った。

「いいや、聞いておらん。善右衛門殿はなにも、囲うために娘を身請けするわけではないのだ」

源之助の言葉に善右衛門は大きくうなずく。善太郎は口を半開きにしたが、

「そんな馬鹿な。囲いたいから岡場所に大金を払うのでしょう」

「そうではない」

源之助は首を強く横に振った。

「じゃあ、一体なんのためですよ。ああっ、まさか、後妻に迎えようという気なのですか。いけません。それこそ、おっかさんが悲しみますよ。とてものこと、仏前に手を合わせることなんてできやしません」

善太郎らしいまことに自分よがりの早とちりには源之助は思わず吹き出してしまった。善右衛門も呆れ顔で、

「おまえ、蔵間さまに言われただろう。話は最後まで聞くようにと」

「でも」

善太郎はまだわかっていない。

「いいか、善右衛門殿は囲いもしなければ、後妻として迎えるつもりもないのだ」

「なら、どうして身請けなんかするのですよ。おかしいじゃありませんか」

善太郎が大きく頰を膨らませた。

「それは、善右衛門殿がだな」

想いを寄せた女の忘れ形見とは源之助には照れが先に立ってしまい、うまく言うことができそうにない。

「つまり、わたしがおまえの歳くらいの頃、想いを寄せたお方の娘さんなんだ」

「じゃあ、その女の人のために身請けをするっていうのかい。それはそれで呆れた話だと思うよ」

「どうしてだい」

「だって、その女の人とは何もなかったんだろ。それとも、深く言い交した仲だったのかい」

善太郎は俄然攻撃的になった。

「そら、何もないさ」

善右衛門の声はしぼんだ。

「そりゃそうだろう。あったら、大変だ。でも、これだけは言えるよ。そんな見ず知らずの女の娘をなんだって身請けしなけりゃいけないんだって。大金だろ、いくらだい」

「百両だ」

善太郎はむせ返った。

三

「開いた口が塞《ふさ》がらないよ」

「だから、七十両はわたしの蓄えから出すさ。残りの三十両をなんとかして欲しいんだ」

善右衛門はしおらしくなった。

「三十両」

善太郎は口の中でその言葉を繰り返した。

「そうだよ」

善右衛門は目に願いを込めている。

「三十両って軽く言ってくれるけど、三十両を儲けるのに、一体どれだけの履物を売らなけりゃならないんだい」

「それはそうだけど」

まるで善右衛門と善太郎の立場が逆転したかのような滑稽な光景が眼前で繰り広げられている。

「善太郎、そんなことは、釈迦に説法だ。善右衛門殿とてそれがわかっていながらおまえに頭を下げておられるのだ。その辺の気持ちを汲み取らないでなんとする」

源之助はわざといかめしい顔を作った。

「それはわかりますが、でも、日ごろから、質素倹約に励み、一文でも多くの利を上げるよう親父からは叩き込まれてまいったのです。それが、当の親父の道楽のために」

善太郎は悔しげに唇を噛んだ。

これには善右衛門も口を閉ざしたため、部屋の中には重い空気が流れた。それを払いのけるように源之助は空咳を一つこほんとした。

「善太郎、ここは一つ、善右衛門殿の頼み、聞いてやってはくれぬか。わたしとて、理はおまえにあるというのはよくわかる。たとえ、三十両でも地べたを掘っても出てきやしない。おいそれと見過ごしにはできない大金だ。だがな、敢えて承知の上で善右衛門殿はおまえに頼んでおるのだ。血を分けた親子として、ここは折れることができぬか」

こうなったら、情に訴えるしかないと思った。

「わたしだって、親父には感謝しております。でも」

善太郎はいかにも苦しそうだ。このまま、断れば、親子関係にひびが入るだろう。そのことは善太郎とてよくわかっているはずだ。ただ、善太郎の立場としては杵屋の跡取りとして、安易に妥協すべきではないという一種の意地のようなものがあるに違いない。

善右衛門もこれ以上強く言うことの無駄というよりは、杵屋の主としての立場を思ったのだろう。沈黙を守ったままである。

「おとっつあん、おれ、本当にすまないと思うけど」

善太郎は涙声になった。善右衛門は黙って聞いている。

すると、襖が開いた。

「すみません」

お香は両手をついた。

「あんた」

善太郎は呆然とお香を見る。お香は顔を上げた。

「このたびはわたしのために、とんだご迷惑をおかけしました」

「いや、その」

善太郎はしどろもどろとなる。

「もう、結構でございます。杵屋さん、本当にお心遣いありがとうございます。わたし、岡場所へ売られてまいります」

お香の言い方はひどく達観めいたものだった。

「いいんだよ」

善右衛門はやさしく声をかける。

「本当にそのお心を胸にわたしは岡場所へとまいります」

「いや、それは」

善太郎は口ごもった。

「いいのですよ」

お香はにおい立つような笑顔を見せた。そこには、なんの穢《けが》れもない一人の乙女、純真無垢な娘がいた。

「岡場所なんかに行ってはいけないよ」

善太郎が言った。

「そういうわけにはいきません。お金で買われた身なのですから」

「三十両だろ。あと、三十両を出せば、売られずにすむんだろ」

善太郎は必死の形相となった。

「でも、おまえ」

善右衛門は戸惑った。

「三十両じゃないか。三十両くらい、おれがなんとかするよ。店の金には手をつけないでね」

善太郎は胸を叩いた。

「本当にいいのかい」

善右衛門は困惑しながらもおずおずと念を押す。

「もちろんさ」

善太郎は満面の笑顔だ。

「でも」

お香は躊躇《ためら》いを示した。

「いいんだ。あんたみたいないい娘さんが、岡場所なんかに身売りされるなんて、そんなこと、見過ごしにできるわけがないじゃないか」

善太郎は先ほどの態度とは一転、まるでこれが同一人物かと見間違《ご》うほどの豹変ぶりである。

「甘えてよろしいのでしょうか」

お香は善右衛門に訊いたのだが、答えたのは善太郎である。

「もちろんですよ。じゃあ、おとっつあん、こんな所で愚図《ぐず》愚図していないで早く行くよ」

善太郎は腰を上げた。

「行くってどこへだい」

「決まっているじゃないか。うちに戻って、お金を用意するんだ」

「ああ、そうだった」

「ああ、そうだったじゃないよ。まったく、歳取ると動きが鈍いんだから。商人は素早く動かなきゃダメだって、おとっつあん、口を酸っぱくして言ってきたじゃないか」

善太郎は腰を上げると土間に飛び下り、脱兎《だっと》の勢いで自身番を飛び出して行った。入れ替わるようにして、外で待っていた京次が入って来た。

「どうしたんです、善太郎さん。まるで、猪のように走って行きましたぜ」

「まあそれがな」

源之助は善右衛門と顔を見合わせて笑った。

「で、うまくいったんですか」

京次の問いかけには、

「まあな」

源之助が答えた。

「じゃあ、わたしもそろそろ」

善右衛門は腰を浮かした。

「本当にありがとうございます。でも、まこと、ご好意に甘えていいのでしょうか」

「遠慮することはない」

源之助が言った。

「でも、よく、善太郎さん、承知しましたね。あっしが来る途中に色々と話したんですがね、まるでけんもほろろというか、聞く耳持ってくれませんでしたよ。色呆けの親父の頭を冷やしてやるなんて息巻いてね」

京次は不思議そうである。

「そういうつもりだったんだろうさ」

源之助は思わせぶりな笑みを広げた。

「それが一体どうしたっていうんです」

京次は首を捻る。

「色恋の道というものに、善太郎も目覚めたということか」

「お目覚めですかい」

京次はきょとんとなる。お香はおかしそうにくすりと笑い、善右衛門は苦虫を嚙んだような顔になった。

「なんだかよくわからねえけど、丸く収まればそれでいいですよ」

京次なりに納得したようだ。

「ならば、わたしは一旦、杵屋に戻ります」

「甚吉が死んだからには牛熊相手ということになりますね。ここは、わたしも同行します」

「いえ、これ以上蔵間さまのお手を煩わせるわけにはまいりません」

善右衛門はかぶりを振る。

京次が、

「それはいけませんや。相手は岡場所を仕切るやくざ者ですよ。ここは蔵間さまに睨みを利かしていただかないってことには、杵屋さんみたいな素人衆は危なくて仕方ありませんぜ」

京次はまくし立てた。

源之助はやくざ者の巣窟に乗り込むことに全身の血が騒いだ。甚吉殺しの一件もある。それなら、尚のこと牛熊の店に乗り込み、そっちの方もはっきりとさせたい。久しぶりに本当に生き甲斐を感じることができる。こんな気持ちになったのは、しばらくぶりのことだ。

「蔵間さま、なんだか、生き生きしていらっしゃいますよ」

京次の言葉に善右衛門も賛意を表した。

「今さら、抜けられんさ」

源之助は大きく伸びをした。これまで、妙に背中を丸めて歩いていたことが信じられない。やはり、自分には仕事しか生き甲斐がないのだ。それは寂しくはあったが、反面、仕事があることをありがたくも感じた。

影御用。

今回は妙な具合に御用が回っているが、それでも身体が動いてしまうのは自分の性分なのだろう。

「行くぞ」

声までもが張りと艶に彩られていた。

四

その半時後、源之助と京次は上野池之端の岡場所で善右衛門と待ち合わせていた。

善右衛門は意気揚々というよりは幾分か緊張を帯びた面差しのままやって来た。

「心配いりませんぜ」

京次が声をかける。

「わたしもこうなったら覚悟を決めております」

善右衛門らしからぬ気負いはそれだけ善右衛門の決意を示すものではあるが、お香というよりはその母親たるお里への思慕の念の深さを如実に語っているようで、源之助にはいささか、面映《おもは》ゆくもあり、信じられない気分ともなり、また、それだけ色恋の道の深さを知ったりもした。

「まずはわたしにお任せくだされ」

「わたしとて、蔵間さまにおんぶにだっこのつもりはございません」

善右衛門らしからぬ気負いがいささか案じられるが、ともかく店の中に足を踏み入れ、京次が牛熊を呼ばわった。京次からお香の身請けの一件である旨、用件を伝えてあったためか、すぐに通されたのは、店からほど近いしもた屋でそこが牛熊の自宅だった。

客間に通され、待つことしばし、紺の袷にどてらを着込んだ牛熊がやって来た。その名の通り、牛や熊のように大きな身体、それにいかにも獰猛《どうもう》そうな顔つきである。

「ようこそおいでくださいました」

牛熊はどっかと腰を下ろし、善右衛門に挨拶をした後、源之助と京次に用心深い目を向けてきた。それから、

「付き添いですか」

と、源之助に言う。善右衛門が源之助と京次を紹介した。源之助はいかつい顔のまま腕組みをした。

「そうですかい。そりゃ、わざわざ、お越しくださいまして恐縮でございますね」

いかにも八丁堀同心とても恐れてはいないのだということを態度に滲ませている。

善右衛門は背筋をぴんと伸ばした。

「早速なんですが、お香の身請け金を持参しました」

「それはありがとうさんです。甚吉の奴とは話がついたんですか」

すると、京次が気色《けしき》ばんだ。

「知らねえのか」

たちまち牛熊が反発をする。

「なんでい、藪から棒に。十手持ちだからって、その言い草はないだろうに」

「まあ、まあ、よせ」

源之助が間に入ってから、甚吉が殺されたことを告げた。牛熊は一瞬、目元を厳しくしてから、

「敵の多い野郎でしたからね、方々で恨みを買ってましたよ。いつ、殺されてもおかしくはねえですぜ」

京次が牛熊を責め立てようと身構えるのがわかる。それを源之助は目で制し、

「だから、お香の一件は杵屋殿とおまえの交渉で決着をつけるということだ」

「わかりました。そういうことなら、早速、値決めをしましょう」

牛熊は落ち着き払っていた。ところが、善右衛門は牛熊が何かを話そうとする前に、

「百両あります」

と、紫の袱紗《ふくさ》に包まれた小判百両を牛熊の前に置いた。牛熊は黙り込む。

「それで不足はなかろう」

源之助が言い添える。

牛熊はしばらく考え込んでいたが、

「わかりました。これで手を打ちますよ」

「ならば、以降、お香には手出しはならんぞ」

「もちろんですよ。あっしは、これでも、仁義の道に外れたことなんかしたことありませんからね」

牛熊は袱紗包みを開けると、紙袋に包まれた小判を大事そうに検めた。それから、懐に手を入れ一通の証文を取り出す。それを源之助にも見えるように広げ、善右衛門に手渡した。善右衛門はいかにも善右衛門らしい慎重な態度で証文を確かめそれを源之助に渡す。源之助もじっくりと読み、お香に対する証文であることに間違いないと確かめた。

「確かに」

善右衛門は静かに告げる。源之助も大きくうなずいた。

「ならば、そういうことで。でも、杵屋さん、しっかりとあんな上玉、よくぞ、見つけなすったもんだ。百両積んだっておしくないだろうね」

牛熊は百両手に入れた安心感からか、下卑た笑みを広げた。

「そんなことは余計なお世話だ」

善右衛門らしからぬ強い物言いはお香に対する深い情愛を物語っていた。

「そうですかい。ま、精々、お楽しみください。余計なお世話ついでに言っておきますけど、あんまり励みますと、身体に触《さわ》りますからね」

牛熊はさらに下卑た笑みを浮かべる。善右衛門は顔を真っ赤にして怒りを飲み込んだ。牛熊はこれで用がすんだとばかりに腰を上げようとした。それを、

「まだ、話はすんでおらん」

源之助は厳しい声で引き止めた。

「なんです」

牛熊はきょとんとした。

「甚吉殺しについて聞きたい」

「ええっ」

牛熊はそれがどうしたと言いたげだ。

「惚《とぼ》けるな」

京次も言う。

「惚けてなんぞいないよ。どうやら、あっしが甚吉を手にかけたって思っていらっしゃるようだが、それはとんだお門違いってもんだ」

牛熊の物言いには影が感じられない。

「そうかい、なら、訊くが。浪人者を雇ってお菊を襲っただろう」

京次は詰め寄った。

「あれは、襲ったってもんじゃねえさ。お菊や甚吉があんまりにも不作法なことをするんで、ちょいと、礼儀ってもんを教えてやろうって、それだけのことですよ」

「ほう、なるほどね」

「だから、それは言いがかりってもんだ。第一、あっしが手を下したって証拠があるんですか」

今度は牛熊が強気に出た。

「それは」

京次は言葉が続かない。

「どうですか、蔵間さま。これは言いがかり以外のなにものでもねえって、そう思いませんか」

牛熊の申し分はその通りである。

「証はないが、おまえが甚吉を手にかける動機というものは十分すぎるくらいに揃っておる」

苦しいとは思っても源之助はそう問い詰めるしか他に方法はなかった。

「そりゃ、あっしは甚吉とは仲違《たが》いをしていましたぜ。ですがね、それは、あいつが岡場所の仁義を守らないから、そんな対立が起きたんですよ。だから、非はあいつにある。だからって、殺して何になります」

「お香を巡ってはどうだ。お香のことを十年に一人の上玉だとおまえは言っておったそうではないか」

「そりゃそんなことを言いました。ですがね、そんなお香をかすめ取られたからって、殺しなんて割の合わねえことをするもんですか。確かに甚吉は厄介な野郎でしたがね、殺してこっちまでお縄になったんじゃ仕方ねえでしょう。あんな奴のためにこの首が三尺高い木の台に晒されるなんてのはまっぴらごめんですぜ」

牛熊は自分の太い首を手でさすった。

「だがな、人は時として思いもかけず、殺しをするものだ」

「旦那、そんなわけのわからねえことをおっしゃらねえでくださいよ。こちとら、まっとうに生きているとは言わねえが、人殺しなんてことには縁のねえ男なんだ。これ以上の言いがかりをなさるようだったら、こっちにだって考えがありますぜ」

「なんだ、言ってみろ」

源之助も熱くなる。

「そら、出るところへ出ましょうってことですよ」

熊吉はうそぶいた。

「野郎、偉そうに」

京次がいきり立った。

横で善右衛門がはらはらしながら成行きを見つめている。

と、その時、

「牛熊、出てこい」

すさまじい女の絶叫が障子越しに届いた。

菊乃に違いなかった。

第五章　不惑《ふわく》の食い気

一

「あのあま」

牛熊の目が尖《とが》った。

「牛熊、出てこい、怖気《おじけ》づいたか」

菊乃はがなり立てる。牛熊は耳をほじくりながら立ち上がると障子を開け、怒鳴りつけようと身構えた。ところが、牛熊は声を失ったようにして凍りついてしまった。

源之助と京次も唖然とし、善右衛門に至っては口をあんぐりとさせたまま、茫然の体《てい》である。

庭に立つ菊乃は、着物に袴を身に着け、紅色の襷を掛けて、額には鉢鉦《はちがね》を施し、そして、薙刀《なぎなた》を手にしていた。

牛熊は動揺から立ち直り、

「なんだ、その恰好は。田舎芝居でもやろうってのかい」

と、哄笑《こうしょう》を放った。

菊乃は源之助たちに気が付いたがまるで眼中にないかのように、

「牛熊、亭主の仇だ。いざ、尋常に勝負しろ」

と、女らしからぬ大音声《だいおんじょう》を発した。

「田舎芝居も大概にしな。自分がやろうとしていることとわかっているのかい」

「わかってるからやって来たんだよ。怖気づいたのか」

「怖くはねえさ。ただ、頭の狂った女とまともにやり合うなんて、こちとら、そんな暇じゃねえんだよ」

「お菊、やめろ」

源之助が制した直後、菊乃は薙刀を振り回すと牛熊めがけて突進した。これにはさすがの牛熊も悲鳴を上げた。

「やめろ、この馬鹿」

思わず、庭に下り立つ。それを、

「待て、卑怯なり」

菊乃は薙刀を振り回しながら追いかけた。見る分には滑稽そのものである。京次なんぞは、腹を抱えて笑いだした。

「やめろ」

牛熊は叫んでいるうちに、とうとう銀杏《いちょう》の木を背に追い詰められてしまった。これ以上は見過ごしにはできない。

「覚悟！」

菊乃は薙刀を振り上げた。

そこへ、

「待つのだ」

と、源之助が菊乃の手を取った。牛熊は恐怖のためか、頬を強張らせ、背中を銀杏の幹に当てたまま身動きできないでいる。銀杏の葉っぱが牛熊の頭上に降り注いだ。

牛熊は全身を黄色に染めて恨めし気に菊乃を見上げる。

「手にかけてはならん」

厳しい声を菊乃に浴びせた。

「しかし、こやつは甚吉の敵《かたき》」

菊乃は牛熊を睨む。

「そりゃ、言いがかりだって」

牛熊は必死だ。まるでそうすることが己が身の証《あかし》を立てるかのように首を伸ばしていた。

「この期《ご》に及んで、まだ、そんなことを言っているのか。この、卑怯者。人殺し」

怒りで蒼白となった菊乃の顔は若かりし頃の美貌がよみがえるほどに凜々《りり》しい。

「だから、おれじゃねえって」

牛熊は救いを求めるかのように源之助を見る。

「まだ、この者と決まったわけではない」

源之助の言葉に菊乃が抗議をしようと向き直った。と、その時、一瞬の隙が生じたのを源之助は見落とさなかった。さっと、右手を差し出したと思うと、菊乃の手から薙刀を奪う。それに合わせ、京次が駆け寄り、薙刀を受け取った。

菊乃は呆《ほう》けた顔をしたが、薙刀を奪われたこと自体には抗議をすることはなく、牛熊には傲然とした目を向けた。

「調べはこれからだ」

「この男でないとしたら、一体、誰が甚吉を殺したのですか」

「だから、それをこれから調べるのだ」

「調べなくっても、この男を叩けばいいんですよ。牛熊本人がやったとは思えませんから、手下にやらしたに決まっています」

「そんなことねえ」

牛熊は着物に付いた銀杏の葉を手で振り払った。

「どこまでも惚ける気だね」

「おめえ、本当に頭がとち狂っちまったんじゃねえのかい」

「あたしゃ、正気も正気さ」

菊乃は牛熊を睨む。

「けっ、甚吉といい、おまえといい。まったく、似合いの仲だな」

「その仲を切り裂いたのはどこのどいつだ」

「だから、おれじゃねえよ」

牛熊はうんざり顔だ。

と、その時、菊乃の目が尋常ならざるほどの光を帯びた。それを源之助は見逃さなかった。

菊乃の右手には懐剣が握られていた。それを一直線に牛熊に向ける。牛熊は身をすくませた。

源之助は止めようとしたが、時既に遅く懐剣の切っ先は牛熊の顔面に達しようとしていた。

が、切っ先は牛熊の目の先数寸のところでぴたりと止まった。

「いいかい、あんたが、うちの人を殺したってわかったら、必ず命をもらいに来るからね。覚悟しとくんだよ」

菊乃が懐剣を引っ込めると牛熊はへなへなと膝から崩れ落ちた。菊乃は素早く懐剣を懐に仕舞い、京次に向く。それから、無言で薙刀を返すよう求めた。京次は源之助に目配せをする。源之助は軽く首を縦に振った。

菊乃は薙刀を手にすると源之助を睨んだ。まるで牛熊の肩を持つと非難しているようでその目は厳しい。

「亭主を弔ってやれ。今はそれが先決なのではないのか」

源之助のさとしに菊乃は無言で答えた。それから、ゆっくりとした足取りで庭を横切ると木戸を出た。と、そこで大人しく帰って行かないのが菊乃である。

やおら、振り返ったと思うと寒風に揺れる寒菊に向かって薙刀を横に一閃させた。黄色く花を咲かせた寒菊がはらりと庭に落ちた。

あたかも、牛熊の首もこのように切り落としてやると言わんばかりだ。そこでもう一度牛熊を睨んでから、菊乃はようやくのことで帰って行った。菊乃の背中が見えなくなったのを確かめてから、

「とんだ女だ。菊を切り落とすなんて、自分を切ったようなもんですぜ。まったく、馬鹿につける薬はねえや」

牛熊は笑うことで威厳を見せたいようだ。が、その笑い顔は引き攣《つ》っており、単なる強がりとしか受け取ることができなかった。

それは牛熊自身が誰よりもよくわかっており、ばつが悪そうに、

「旦那、あんな真似したのを見過ごしにしていいのですか。十手が泣きますぜ」

これには源之助も腹が立った。

「おまえこそ、やくざ者を束ねる親分として恥ずかしくはないのか。元武家とはいえ、たかだか女一人に胆を冷やされて、それじゃあ、男の名折れだな」

すかさず、

「そうだ、そうだ」

京次が囃《はや》し立てる。

「ふん」

牛熊は悔しげに顔を歪ませると顔をそむけた。まともに源之助と京次の顔を見られないに違いない。

「ならば、邪魔をしたな」

「精々、用心しな」

京次は言うと善右衛門を見た。思いもかけない出来事に遭遇し、いささか戸惑い気味の善右衛門だったが、次第に事態を楽しむようなゆとりを示していた。

「まいりましょうか」

京次に応じたと思うと庭先に下り立って牛熊に向かい、

「なかなか面白いものを見せていただき、恐縮です」

と、からかいの言葉を投げかけてから源之助たちの後に続いた。牛熊の家を出たところで、

「いい気味でしたね」

京次は言った。

「まったくでございます。銀杏の木の前でへなへなと崩れたところなんか、おかしくて、おかしくて、笑いを我慢するのに、えらく苦労しました」

善右衛門は思い出し笑いすら浮かべた。こんな楽しそうな善右衛門を見るのは久し

ぶりでそれだけでも来た甲斐がある。

「しかし、甚吉殺しってのが思ったよりも難航しそうですね」

京次の一言が源之助をして、現実に引き戻した。

「牛熊が殺したのでしょうか」

善右衛門は自分が立ち入ることではないと思っているのだろう。いかにも、遠慮がちな物言いである。

「さて、どうでしょうな」

源之助は顎を掻いた。

「決まってますよ。手下にやらせたに違いないんです」

京次は言う。

「それはなんとも言えぬな」

源之助はいつになく、慎重になった。

「いずれにしましても、お香にはこれ以上の関わりはないと考えてよろしゅうございましょうか」

「そうですな」

源之助の答えに善右衛門は安堵のため息を吐いた。

二

「うちにお寄りください」

という善右衛門の誘いを受け、源之助は杵屋に立ち寄ることにした。京次は甚吉が殺されたお香の家の周りを聞き込みに行くと張り切って別れた。

杵屋に着くと裏手に回った。そこが住まいとなっている。裏木戸を入ったところで、賑やかな声が聞こえてくる。若い男女が楽しげに語らっていた。

「なんだ」

善右衛門が目を向けると、母屋の客間から声が聞こえてきた。

「善太郎か、あいつ」

声の主は明らかに善太郎とお香である。源之助もきょとんとなった。善右衛門は大きく息を吸い込むと、

「おまえ」

と、言って障子を開けた。

障子の向こうには善太郎とお香が仲睦まじく語らっていた。

「おとっつあん、御苦労さんでした」

善太郎はいけしゃあしゃあと言ってのける。

「何がご苦労さんだ」

自分の苦労もそっちのけでお香と戯れている善太郎に非難の目を向けた。ところが、善太郎は気にする素振りも見せず、

「うまくいったんだろ」

「ああ」

善右衛門は答えるのも億劫のようだ。

善右衛門の恨めし気な視線に気がつき、

「お香さんかい。だって、人殺しのあった家に置いてはおけないだろう」

いかにも人助けといったような口ぶりである。

さすがに善右衛門もそれを悪いと言うことはできないようだ。

「善太郎さんにはすっかり甘えてしまって」

お香は笑顔である。その罪のない笑顔を見ていると善右衛門の顔も綻んだ。

「いいんだ。ゆっくりしていきな」

善右衛門も言う。

「お香さんだけどね、しばらくうちにいてもらうよ。その方が安心だし」

　善太郎は決めてかかっている。

「まあ、それは」

　善右衛門は曖昧《あいまい》に口ごもってしまった。

「何か女中奉公のようなことでしたら、わたしでもできます」

　お香はいかにも気を遣っているようだ。

「いいんだよ、そんなこと」

　善太郎の鼻の下はだらしなく伸びている。

「いけません。それでは申し訳ありませんから」

「いいんだって」

「でも、何かしていないことにはわたしだって申し訳ないです。他の皆様方が一所懸命に働いているのをよそに、ぶらぶらしているわけにはいきませんから」

　お香は顔をしかめさえした。

「いいんだって。お香さんは、ここにいて歌を歌ったり、花を愛でたりして暮らせばいいんだから」

　善太郎のでれでれ振りに善右衛門は顔をしかめた。いかにも情けないといった様子である。

「まったく、おまえって男は」

善右衛門は源之助の目を憚ったのだろう。どうしようもない息子であることを源之助に恥じ入る様子だ。

「いけません」

お香は善右衛門の厳しい目を気にしているようだ。声を大きくして善太郎をさとすような物言いをした。

「いいんだよ」

善太郎は甘えた声を出す。

「わたしは、岡場所に売られようとしたのです。それを善右衛門さまや善太郎さまのご好意によりまして、こうして元気でいられるのですよ」

お香はきっぱりとした口調で言った。

善右衛門はちらっと源之助を見た。善太郎に何か意見して欲しいのだろう。

「まあ、善太郎。ここは、お香とても、働きたいと申しておるのだ。お香とて、何もせずにぶらぶらしておっては肩身が狭いに違いない。それよりは、何か働いた方が気が落ち着くというものだ。ここは、お香の望む通りにしてやれ」

源之助のさとしに善太郎も口をつぐんだ。お香はお香で、

「お願いします」

と、頭を下げる。

これには善太郎も無視はできず、

「本当にいいんだけど、まあ、蔵間さまもそうおっしゃるのなら、ここはそうしてもらおうか」

善太郎はすっかり亭主気取りである。お香はほっとしたような顔になった。

「では、まずは、何からしましょう。お掃除をしましょうか」

「何も今すぐにやらなくたっていいじゃないか」

善太郎はどこまでも甘い。

「いいえ、もう、遊んでばかりはいられません」

お香は立ち上がった。善太郎が引き止めようとしたのを、

「それなら、庭でも掃いておくれな」

善右衛門が用事を言いつけた。

「わかりました」

お香はさっさと出て行った。それを名残惜しそうに見送る善太郎である。

「おまえなあ」

善右衛門は呆れ顔で声をかける。

「なんだい、おとっつあん」

善太郎はまるでわかっていない。

「いいから、そこに座りなさい」

「なんだよ、おとっつあん」

善太郎は不承不承というように頰を膨らませた。

「おまえ、商いはどうしたんだ。今日は本所《ほんじょ》一帯の武家屋敷を回るって言っていたじゃないか。もう、すませたのかい」

「まだだよ」

「いつ行くんだ」

「明日行くからいいさ」

善太郎はぷいと横を向いた。

「まったく、お香にのぼせるのも大概にしなさい」

善右衛門は苦々しげに顔を歪ませる。

「のぼせてなんかいません」

善太郎は善右衛門と視線を合わせようとしない。

「のぼせているよ」

「おとっつあんだって、人のことを言えないじゃないか。それとも、焼き餅を焼いているのかい」

「おまえって男は、さっきも言っただろう。お香のおっかさんの関係でわたしは援助をしているだけだって」

「ああ、聞いたさ」

善太郎は不貞腐《ふてくさ》れたような顔になった。

「おまえ、それを、商売が手につかないようでは駄目だ。お香はやはり出て行ってもらった方がいい」

「おとっつあん、それはないよ」

善太郎は必死の形相になった。

「何がないものか。そうした方がいいんだ」

善右衛門は断言した。こうなると、貫録負けである。善太郎はすっかり小さくなってしまう。

「蔵間さま、なんとかおっしゃってください」

泣きそうな声を向けてきた。

「杵屋の主は善右衛門殿だ。主の言うことに従うのは当然だぞ」

源之助はいかつい顔を際立たせた。

「それはわかっておりますが、しかし」

善太郎の口が不満げに尖る。

「善太郎、しっかりしろ」

善右衛門は言葉を重ねた。

善太郎は唇を噛み、俯いてしまった。しばらく、うなだれていたが、やがて何かを決意したかのようにがばっと顔を上げた。

「おとっつあん、お香さんと夫婦になること許してください」

と、真摯《しんし》に頭を下げた。

「おまえなあ」

善右衛門はため息を吐いた。

「お願いします」

善太郎は大真面目である。

善右衛門は苦《にが》りきった。

「だって、いい娘じゃないか。おとっつあんだって、百両もの金を出してまでして助けた娘じゃないか。そんな娘、なかなかいるもんじゃないよ」

善太郎は両目をかっと見開き何かに憑《つ》かれたようだ。

「蔵間さま」

善右衛門は持て余すように源之助に視線を向けた。

「確かにお香はいい娘だ。しかし、さっき会ったばかりの女をいきなり嫁に迎えるというのは、いかにも早計だ。もう少し、落ち着いて考えてからでも遅くはない」

「お言葉ですが、あたしは十分に考えました」

「十分とは申せまい」

源之助は静かに首を横に振った。

「おれ、いや、わたし、とにかくお香を嫁に欲しいのです」

善太郎の額は真冬の寒さもどこ吹く風、じっとりと汗ばんでいた。

三

善右衛門は困り果てている。源之助とても頭に血が上《のぼ》った善太郎に対してどのような対応をすればいいのか苦慮している。

「なあ、おとっつあん」

こめかみに青筋を立たせた善太郎の顔は暑苦しくさえ感じさせる。と、そこへ、

「きゃあ」

お香の悲鳴が聞こえた。

善太郎はまさしく泡を食い、障子を開ける。お香はうずくまっていた。

「どうしたんだい」

声をかけると同時に善太郎は庭に飛び下りた。

「ちょっと、指を擦りむいただけですから」

お香は大架裟に声を上げてしまったことを詫びた。が、それでも、善太郎の気遣いは大変なもので、掃除なんかやめて休んだらどうだと声をかけるや、お香から箒を取り上げ庭を掃き始めた。

「やれやれ」

善右衛門は自分のことのように恥ずかしげに俯いてしまった。

「いっそ、夫婦にしてやったらどうですか」

源之助は無責任とは思いつつもそう言ってしまった。実際、このままでは商いに支

障が出ないとも限らない。

「しかし、あの調子では。あんなにも取り乱しているようでは、商いどころではございますまい」

いかにも案じられる様子の善右衛門である。

「こればかりは、他人がどうのこうのと口を挟めるものではございませんな」

「蔵間さまにこれ以上のご迷惑はかけられません」

「迷惑とは思いませんが」

源之助はここで言葉を止めた。実際、善太郎の色恋沙汰はどうにもならない。影御用というわけにはいかないのだ。

「無責任なようで気が咎めるのですが、わたしはこれで失礼します」

「こちらこそ、とんだことに巻き込んでしまいまして」

善右衛門は心の底から恥じ入っているようだ。

源之助は、ひたすらお香への気遣いを示す善太郎を横眼に立ち去った。

一方、京次は再びお香が住んでいた長屋に戻って来た。

すると、木戸に源太郎と牧村《まきむら》新之助《しんのすけ》がいる。

「これは、これは」

京次が挨拶をすると、

「大家から届け出があった。殺しがあったそうじゃないか」

新之助の口調はどこか非難めいていた。

「番屋での話の様子からして、父とおまえが探索に当たったようだな」

源太郎の顔も厳しい。

「まあ、成行きでそうなったんですがね」

京次は頭を搔いた。

「父はまたぞろ、同心の血が騒ぎだしたのではないのか」

「どうなんでしょうね」

「惚けるな」

源太郎は咎めてはいるがどこかうれしげだ。それは新之助も同様である。またも源之助が独自に動きだしたことに対してそれ以上の批判はせずに黙っていた。

「とにかく、事情を話してくれ」

「ええっと、それはですね」

京次はつっかえ、つっかえ、絵師定観の頼みで上野池之端の岡場所に行き、やり手の菊乃を説得した経緯からお香を尋ねることになったまでを語った。

「いかにも父らしいなあ。このところ、なんだか元気がなくて母も心配していたところだ」

「それなら、よかったと言うのは変ですがね、蔵間さま、今は生き生きとなすってますよ」

「やはり、父にとっては御用が何よりの薬ということか」

「そういうことだろう」

源太郎と新之助は顔を見合わせた。

「でも、そうでなくっちゃあいけませんよ。蔵間源之助さまは」

京次が言う。

「じっと、大人しくなんかできないのはわかるが、あまりに過ぎると角《かど》が立つというものだ」

「源太郎さま。なんだか、物言いが大人びていらっしゃいますね」

「からかうな。わたしは、ただ思ったままを口に出したまでだ」

「これは失礼しました」

二人のやり取りを引き取るようにして新之助が口を挟んだ。

「とにかく、甚吉殺し。我らとて見過ごしにはできん」

「そりゃごもっともです。蔵間さまとて、自分一人でこっそりと探索なさるってわけじゃありませんからね」

「手柄うんぬんのことを言っておるのではない」

「わかってます」

京次は頭を下げた。

「ともかく、殺しが起きた以上、北町奉行所として対処せねばならない」

新之助は釘を刺すような言い方になった。源之助とて、いや、源之助なればこそ、新之助たち定町廻りの職分を侵すことには慎重な対応をするはずだし、なんら隠し立てなどする気はないに違いない。

「それは、当然、蔵間さまもご承知のことです。で、あたしの聞き込みの成果を申しますよ」

「何も父を疑っておるわけではないが」

源太郎は源之助に疑いの素振りを示したことを後ろめたく思っているようだ。

「聞き込んだんですがね、甚吉が殺された前に出入りしていた怪しい連中となりますと、皆目《かいもく》、証言がありませんでね。ほんとに、杵屋の旦那くらいで」

「まさか善右衛門殿が下手人などということはあるまい」

源太郎は新之助とうなずき合った。

「となると、やはり、牛熊の手下ということか」

源太郎は言う。

「そうなるんじゃございませんかね」

「父はなんと言っているのだ」

「牛熊だと決めつけにはできないと、おっしゃってましたね。そういったところは至って慎重なお方ですから」

「それでこそ、筆頭同心として我らを率いてこられたのだ」

新之助の言葉が決して世辞ではないことは源太郎も京次もよくわかっている。

「ともかく、我らも牛熊のところへ行きましょう」

源太郎は新之助に言う。

「いや、今、行ったところで牛熊から引き出せる答えは同じだろう。それより、我らはもう少し、この周辺の聞き込みを徹底しようじゃないか」

いかにも先輩同心らしい態度に源太郎は素直に従った。

その夕刻、源之助は夕餉を食していると、

「何かよいことがおありになりましたの」

久恵が問いかけてきた。

「いや、別段ない」

ぶっきらぼうに返すのは源之助の常である。それをわかっているから久恵もそれ以上は問を重ねようとはせず、そっと茶を淹れた。すると、今日に限って源之助の方が多弁になってしまった。

「どうしてそのようなことを尋ねる」

一瞬、久恵の顔に戸惑いが生じた。まさか、そのようなことを問い返されるとは思っていなかったのだろう。

「いえ、その、とても生き生きとしていらっしゃいますから」

やっとそんな言葉が口から出た。

「そう見えるか」

いかつい顔が緩んだ。

「ここ数日はなんだか元気がなくて、食も細かったですわ。でも、今日は」

確かに今日は丼飯を三杯平らげた。現役の定町廻りであった頃と同じくらいに食べている。

「それもそうだな、なんだか、今日は腹が空いた。腹が減って仕方がない」

「ですから、いいことがあったのかと思ったのでございます」

「そうだといいのだがな。ま、いいことではないが、心騒ぐ出来事があった」

「まあ、どのような」

久恵は釣り込まれるようにしてほんの少しだけ、身を乗り出した。

「それがな、実は杵屋の善太郎に」

と、ここまで言った時、

「ただ今帰りました」

という源太郎の声がした。源之助は口をつぐんだ。すぐに源太郎が居間に入って来た。

「お帰り」

久恵が言うと、

「父上、お話が」

挨拶もろくにしない息子に顔をしかめた源之助であったが、源太郎の用件が甚吉殺しであることの察しがついた。息子のただならぬ様子は久恵にも十分に伝わった。久恵は無言で居間から出た。

「京次に会いました」

やはり、そうだ。また、源太郎もそう告げることで十分に自分の真意が伝わるだろうと思っているようだ。

「甚吉殺しの一件か」

源之助も応じる。

「いかにもさようです」

「なんだ、怒っておるのか」

「怒ってはおりませんが、殺しである以上、奉行所で探索をするのが筋と思います」

源太郎はいかにも正論を吐いた。

四

「それはわかっておる。わたしとて、おまえたち定町廻りの邪魔をするつもりはない。ただ今回は成行き上、殺しに出くわしてしまったのだ。ましてや、善右衛門殿が危うく疑われるところだったのだからな」

「それはわかります。ですから、これ以降は我らの手にお任せください」

「なんだか、こうした会話がたびたび繰り返されるようになったな」

源之助が苦笑いを浮かべたように、影御用を行うようになってからというもの、定町廻りの御用の邪魔立てをしないように配慮しているつもりだが、探索というものは生き物。時に、新之助や源太郎たちと軋轢《あつれき》が生じてしまう。その都度、源太郎と意見を戦わせてきた。

己の信念を貫こうとする源之助が折れることはないのが実情だ。

「いかにも、父上がまだまだお若いという証です」

「つまり、いつまで経っても隠居もせず、居眠り番に徹することもできず、と言いたいのだな」

「そうではありません」

「なんだ、そうじゃないのか」

「父上に居眠り番に徹してくださいと、お願いしたところで、お聞き入れにはならないこと、わたしが誰よりも承知しております。ですから、そのことは申しません。ただ、お身のことを危うんでおるのです。父上はご壮健でおられますが、いくらなんでも、そうそう若い頃のままというわけにはまいりますまい」

「そんなことあるものか。現に夕餉などは丼飯三杯を平らげてやったぞ」

「丼三杯ですか」

これには源太郎も目を白黒させた。

「そうさ。おまえにできるか」

食欲旺盛なことを誇るのにいささかの躊躇いも生じないのは、自分の暮らしが充実しているからなのか、そんなことでしか息子の若さに対抗ができないからなのかはわからない。だが、そんな源之助の恥じ入る気持ちにもかかわらず、源太郎は大真面目に受け止めたようだ。

「それは、わたしには」

その真面目ぶりがうれしくもあり、からかいたくもなった。

「やってみろ」

「わかりました」

源太郎は久恵に夕餉の支度を頼んだ。

まもなく、久恵は夕餉の膳を運んで来た。膳には丼飯が置かれている。しかも、山盛りに白米が盛られていた。

「こんなに食べられるのですか」

危ぶむ母親に向かって、

「なんの、これくらい平気です」

明らかに源太郎は意地を張っている。

「残しては勿体《もったい》ないぞ」

源之助がからかいの言葉を投げる。

「わかっております」

源太郎はむきになって丼飯を搔き込んだ。口の周りに飯粒を付けながら食べる様は飢えた犬である。それを呆れたように見ていた久恵だったが、やがて、なんともおかしげな笑みをこぼした。

源太郎は三杯めとなると持て余し気味となり、いかにも苦しそうに腹をさすりだした。

「もう、その辺にしておけ」

源之助が言うと、

「まだまだいけます」

源太郎は意地を貫く。こうした点は親子だ。立派にといっていいのかはわからないが、確実に自分の血を引いていると源之助は実感した。

「お腹を下《くだ》しても知りませんよ」

久恵の忠告を叱咤とでも受け止めたように源太郎は忙しく箸を動かし始めた。

やがて、源太郎は三杯飯を食べ終えた。そして、苦しげに腹をさすりながら、

「食べました」

と、わざわざ報告をする。

「よくやった、とは言わん。まこと、馬鹿馬鹿しい限りだからな」

源之助は大笑いをした。

「父上、それはないではございませんか」

源太郎は恨めし気である。

「それはともかく、そなた、美津《みつ》殿とはどうなっておる」

美津殿とは南町奉行所の同心矢作兵庫助《やはぎひょうごのすけ》の妹で、源太郎は先ごろ、美津と見合いをしていた。

「どうと申されましても」

源太郎の顔が赤らんだ。久恵はくすりと笑う。

「杵屋の善太郎は見初《みそ》めた女ができた。嫁に欲しいと申しておるぞ」

「そうなのですか」

源太郎はきょとんとなり、久恵も目を白黒させている。

「だから、おまえもいつまでもぼけっと一人身であってはならんのだ」

「わかっております」

「わかっておらんではないか」

「そんなことはございません。わたしなりに、考えております」

「考えておるだけでは駄目だ」

源之助は苦笑いを浮かべた。

「ですが」

口を半開きにして反論しようとする源太郎を制し、

「いつまでも、美津殿を放っておくと悪い虫がつかぬとも限らん」

「そうなのですか」

途端に源太郎の顔が歪んだ。

「そうかもしれないと申しておるのだ」

源之助はやんわりとした表情に切り替えた。

「脅かさないでください」

「これは脅しではない。あんなによい娘、嫁の貰い手となったら、引く手数多《あまた》だと申しておるのだ。まさか、自分のものになったとでも思っておるのではなかろうな」

今日の源之助はしつこい。

「そうは思っておりませんが」

「いや、思っておる」

「思っておりません」

源太郎らしいむきになりようだ。

「思っておるから、そのようにのんびりと構えておられるのだ」

「父上、それはあんまりでございます」

源太郎は大きく顔を歪ませた。

「現実を直視せよ」

源之助は厳然と言い放つ。

「現実でございますか。わたしでは美津殿には役不足でございましょうか」

「役不足とならぬよう、努力せよと申しておる」

「努力とはどのようなものでしょう」

「そんな指図までせねばならんのか」

源之助は顔をしかめる。いかにも、源太郎の不出来をあげつらっているかのようだ。

「申し訳ございません」

　素直に詫びるところはいかにも源太郎らしいが、それでは八丁堀同心として物足りなさを感ずる。もっと、どぎつさ、しつこさが必要だ。

「まめになることだな」

「まめとは」

　問い返しておいて、源太郎ははたと言葉を止めた。自分で考えろと叱責されると思ったようだ。ところが源之助は、

「たとえていえば、善太郎だな」

「善太郎がどうかしましたか」

「今、申したであろう。見初めた娘ができたと。あいつは、まめだ。とにかく、やさしい。女というものはまめでやさしい男に惹《ひ》かれるものだ」

　源之助は自分で言っておきながら、酒を飲んでいないにもかかわらず、自分が酔っているのではないかと思った。それは久恵も同様らしく、いつもの源之助らしからぬ言動に戸惑いを通り越し、危ういものを感じているようである。

「母上はどう思われるのですか」

　久恵は黙り込んだ。その表情からは、何かしら不快感が滲んでいる。

「いかに思う」

源之助が尋ねた。

「わたくしは、源太郎には必ずしも、そのような女にまめな男にはなって欲しくはございません」

そのきっぱりとした物言いは明らかに源之助の言動に対する反発を感じさせた。源太郎にもそれは通じたようで、

「いかにも、その通りです。父上はどうかされておられます。今までの父上とはまるで違うお考え。男は男らしく、寡黙で実直な男が良い。無骨であろうと、いえ、無骨でなければならないと思います。そう、父上のように」

源太郎が言うと横で久恵が静かにうなずくのが見えた。

やはり、色恋沙汰に当てられて調子が狂ったようだ。このままでは、腑抜けとはいわないが、自分を見失ってしまうように思えてきた。

何かしくじりをせねばよいが。

源之助の胸にぼんやりとした不安の影がもうもうと立ち上った。

第六章　友の捕縛

一

翌四日、源之助は居眠り番に出仕した。朝からのびやかな気分というわけにはいかず、なんとなくもやもやとした思いで過ごした。

さしあたって、やることはない。今日に限らずいつものことなのだが、今日は一段と不愉快に思えてしまう。やはり、自分らしさを失ってしまったことがそんな思いに駆り立てているのだろうか。

そう思うと、表情を強張らせた。このところ締りのない顔になっているのではないかという危惧の念がそうさせてしまうのである。

すると、普段通りの怖い顔になってしまった。

そこへ、

と、声がした。

「蔵間さま」

途端に源之助の顔がしかめられた。間違いなく定観である。自分を腑抜けのような男にした張本人だ。できることなら、居留守を使いたいが、そうもいかず渋い顔になったところで、源之助の返事も待たないうちに定観が入って来た。

「朝からすみません」

腰を低くして入って来る定観を素っ気なく、

「朝から何用ですかな」

わざとらしく尋ね返した。

「それはないと存じます」

定観の何も考えていないその様が恨めしい。

「ああ、お菊、いや、失礼申した。菊乃さまのことでござるか」

「そうです」

定観は身を乗り出した。

まったく、能天気な男だと呆れる思いで見返す。

「会った」

　そう一言答える。

「で、いかがでした」

「定観先生に会うって言っておりましたぞ」

「まことですか」

　声を弾ませる定観の単純さ、純情さを笑うと同時に幸せな男だと羨みもした。

「まことですよ。但《ただ》し、十両でということです」

「十両」

　定観はため息を吐いた。

「仕方ありますまい。相手はやり手。商売にならんことはしたくないのは当然。それに、十両くらいの金、江戸一の絵師ならばなんでもないでしょう」

「いや、それが。先日も申しましたように、金はわたしの思うままにはならないのです」

「ああ、そうでしたな。では、どちらかの分限者《ぶげんしゃ》に出してもらったらいかがですか。定観先生がちょっと襖絵でも描いて差し上げれば、十両くらいの金、いくらでも出してくれるでしょう」

「それはしかし」

定観は顔を歪めた。

「いとも容易ではござらんか」

「絵をそのような手段に使うことはわたしにはできません」

「何故ですか」

「絵描きにとって、絵を描くことは武士における真剣勝負に等しいのです。とても安易な気持ちでちょこちょことできるものではないのです」

定観は誇るように胸をそらした。

吐き出しようのない不快感が胸を覆った。

「ほう、さすがは、江戸一の絵師さまですな。いや、おみそれしました。ならば、菊乃さま、いや、お菊などと申すどこの馬の骨とも知れぬやり手など、とうてい相手になどなさらぬがよろしかろう」

わざと皮肉たっぷりに言った。

「いや、それは」

途端に定観は取り乱した。

「どうぞ、お引き取りください。ここは、あなたさまのような高貴なお方がおられるような場所ではございません」

源之助は横を向いた。

「蔵間さま」

定観は拝むかのようだ。

「自分は手を汚すことなく、自分の望みをかなえよう。自分は安全な場所にいて、段取りが整うのを待とう。結構ですな。羨ましい限りです。村上定観ともなるとそれが通用するのですな」

露骨に嫌な顔をした。

定観はうなだれる。

「今日のところはお引き取りください」

「ですが」

「お引き取りを」

強い口調になった。

定観は口を半開きにしたものの、源之助の意思が強いことを確認したのだろう。そっと、腰を上げ、すごすごと居眠り番を出て行った。

「ふん」

感情に任せて追い払ってしまったが、いなくなったらいなくなったで、なんとも言えない寂しさを感じる。が、それを追い払うようにして脳裏を占めたのは甚吉殺しだった。

牛熊の証言を鵜呑みにはできないが、満更、嘘を言っているようにも思えなかった。いや、そんな思い込みは禁物だ。

自分を諌めたところで、

「蔵間さま、お邪魔しますよ」

京次の元気のいい声がした。

「入れ」

反射的に源之助も元気に応じる。

京次はいそいそと入って来た。

「聞き込み、どうだった」

「それが、長屋の連中は杵屋さん以外の男が出入りしていたのを見た者はいない、ということなんですよ。ま、始終、お香の家を見張っていたわけじゃねえんで、それが絶対だとは言いきれないんですがね」

「調べが足りんな」

源之助は呟くように言う。

「ですから、今日、もう一度、じっくりと聞き込みを続けようと思うんですがね」

「わたしも行こう」

「それはなさらないほうがいいんじゃありませんか」

京次はかぶりを振る。

「新之助と源太郎か」

「ま、そういうことで」

京次は自分が悪いかのように頭を掻いた。

「昨晩、源太郎にも釘を刺された。わたしが探索に乗り出すこと、快く思ってはおらんだろうからな」

「牧村さまや源太郎さまからしましたら、自分たちの手で下手人を挙げるというのが本音ですし、そうすべきと考えておられるでしょうからね」

「それはそうだ。わたしも、自分がいつまでもしゃしゃり出るのはよくないと思う。ただ、今回は成行き上、こうなってしまったのだ。だがな」

源之助はここで口をつぐんだ。

「おや、どうなさいましたか」

「わたしも、少々悩んでおるということだ。気弱になってしまったということか。それとも、居眠り番の分際でいつまでも事件に首を突っ込みたがる性分を諌めているということか」

「蔵間さまでもお迷いですか」

「わたしはただの男だからな。四十にして惑わずという訳にはいかん」

「じゃあ、あっしはこれで。もう一度じっくりと聞き込みをしてきます」

「新之助と源太郎を手助けしてやってくれ」

その口調はつい寂しげにしぼんでいく。

「はい」

「本来はおまえは新之助の岡っ引だ」

実際、源之助が居眠り番に左遷されたのをきっかけに京次は新之助に預けた。ところが、影御用を始めたために、ついつい京次を自分の手足のように使ってしまっている。新之助はそれに対して一言も文句を言ったりはしないが、内心では面白くはないだろう。

やはり、自分はあまり出るまでもないか。いや、出てはいけないのだろう。

後進に道を譲る。

まさしく、源之助はその立場にあるのだ。

そんなことを思いながら、天窓から覗く枯れ木を眺めていると侘しさが胸に迫ってくる。

昼になると、差し込む陽光が眩しくつい瞼を閉じるうちにうつらうつらと船を漕ぎ始めた。

まさしく居眠り番である。

その長閑《のどか》さに身を置くべきだと薄れゆく景色の中で思った。

これこそが居眠り番の暮らしだ。

二

「蔵間さま」

「父上」

そんな声が遠くで聞こえたような気がした。続いて引き戸が開かれる音。

「うう」

わけのわからない言葉を発し、源之助は寝ぼけ眼《まなこ》をこすった。

すっかり、寝入ってしまった。

昼過ぎにうたた寝のつもりであったのが、既に西日が差し込んでいる。

「ああ、すまんな」

源之助は身を起こした。新之助や源太郎が今日も町廻りにいそしんでいたのだと思うと後ろめたさを感じたが、反面、こうした罪悪感を抱きつつも居眠り番を続けていくことこそが自分本来の役目なのだという気にもなった。

「茶でも淹れようか」

「いいえ、それどころではございません」

新之助の顔は安易な言葉を受け入れない険しさをたたえていた。

「いかがしたのだ」

源之助もつい、厳しい顔つきになる。

「聞き込みの結果、お香の家に出入りしたのは、杵屋善右衛門以外にはいないことがわかりました」

「それで」

嫌な予感が胸を覆う。

「ですから」

新之助が言葉を続けようとするのを敢えて遮る。

「牛熊のところは探ったのか」

　これには源太郎が答えた。

「むろんです。それで、牛熊も子分たちもその日は、賭場の手入れがあるということで、お香どころではなく、みな、池之端の岡場所や賭場に張り付いて手入れに備えていたのです」

　すると、やはり、牛熊の仕業ではない。

「甚吉に恨みを持った者は大勢おろう。何も牛熊に限ったことではない」

　源之助は自分で反論しておきながらそれは虚しい響きとしか思えなかった。ともかく、お香の家に出入りしたのは善右衛門だけなのだ。それを突き崩す新証言でも出てこなければ、善右衛門の疑いは晴れない。

　そして、善右衛門には甚吉を殺す動機がある。

　お香を救う。

　しかし。

　いくら、状況が不利であろうが、疑いが濃くなろうが、善右衛門が人を殺すなどということはとてものこと信じられない。信じたくはない。そんなことあるはずがない。

そんな源之助の苦渋に満ちた胸中を新之助も源太郎も十分に感じている。二人の顔にも眉間に皺が刻み込まれていた。

「善右衛門殿を捕縛するのか」

「捕縛とまではいきませんが、じっくりと話を訊く、いや、いくら言葉を飾ったところで虚《むな》しゅうございますな。番屋で取り調べをしなければならないと存じます」

新之助は己が決意を示した。

「よかろう」

答えてから、自分が許可すべきこととは筋違いと思い、

「いや、それは、わたしの関与することではない」

と、前言を翻《ひるがえ》した。

「いえ、これは筆頭同心緒方小五郎《おがたこごろう》殿が蔵間殿にそのことちゃんと話せと申されたのです」

「緒方殿が」

緒方は源之助と善右衛門の間柄を気にかけてくれている。筋違いを承知で自分の意見を聞いてくれたということだ。たとえ、自分が反対したところで、善右衛門取り調べの方針が変わるわけはないのだが、その気遣いには感謝しなければならない。

「緒方殿に申してくれ。わたしに気遣いも遠慮も無用です、と」

善右衛門には悪い。善右衛門を信じたい。しかし、私情を挟むことは許されない。

「承知しました」

新之助が言うと同時に源太郎も頭を下げた。それから新之助は言い辛そうに上目使いになった。

「どうした、申せ」

「それが、緒方さまは杵屋には蔵間さまにも同行してもらえと」

新之助はいかにも申し訳なさそうだ。

「わたしにな」

呟くように返す。

緒方なりの気遣いなのだろう。善右衛門とて、いくら顔見知りの新之助が捕縛に向かったとしても。やはり、その恐怖心は大変なものだろう。源之助が同行することで、乱心せぬよう努《つと》められるというものだ。

そして、源之助自身のけじめにもなる。

つまり、捕縛の現場に立ち会うことでこれまでの友人関係から奉行所の同心と咎人という関係になったのだということを明確化するということだろう。

「よかろう」

自分とて逃げる気はない。

ここは、自分も同行し、善右衛門の取り調べにも立ち会うつもりだ。

「申し訳ございません」

新之助は心から詫びているようだ。

「では、まいるぞ」

源之助は勢いよくとはいかないがともかく腰を上げた。


杵屋には源之助と新之助のみでやって来た。源太郎の姿はない。新之助が先に立ち、源之助が続いた。母屋に回る。

薄暮となった庭先に縁側で一人腰かける善右衛門がいた。その姿はすっかり隠居然としたくつろぎの様子だ。普段なら並んで腰を下ろし、一緒に茶飲み話に興じるところだ。

「旦那さま、お茶です」

お香の声がした。

新之助は中に入るのを躊躇った。源之助もしばし、様子眺めをしている。お香は茶と厚切りの羊羹を添えて善右衛門の横に置く。

「ありがとうな」

その表情は穏やかでまるで本物の父と娘のようだった。お香が善太郎の嫁になれば、こうした日が続くのかもしれない。

しかし。

「新之助」

遠慮がちな新之助を促す。

「ここは、わたしよりも」

いざとなったら及び腰となる新之助を叱責する気にはなれない。むしろ、ここはやはり自分が声をかけないでどうするのだという自分の逃げ腰を責めるべきである。

源之助は深くうなずくと、新之助にここで待機するよう言い、裏木戸から中に入った。すぐに善右衛門は源之助に気が付いた。

「蔵間さま、丁度、お茶が入ったところです。どうぞ」

善右衛門はお香を促した。お香は満面の笑みで奥へと引っ込んだ。

「すっかり、寒くなりましたな」

まずは当たり障りのない時候の挨拶をした。

「まったくでございます。毎年、寒さが身に堪えるようになりましたのは、歳のせいでございましょうか。早く、隠居をして善太郎に任せたいのですが、あの様《ざま》では」

お香に耽溺する倅を嘆く姿はまったく普段の善右衛門である。

「そういえば、どうしましたか、善太郎は」

「今日もなんのかんのといって外回りを渋っておりましたが、昼過ぎになって、神田のお得意先から呼び出しがあったのをきっかけにどうにかこうにか外商に出向きましてございます」

善右衛門は困った倅だとなじってはいたが、細くなった目は穏やかな光をたたえ、そんな息子を誇らしく思っているようだ。それを見ただけで、心が痛む。

善右衛門が甚吉殺しの下手人だとすると、類は善太郎にも及ぶ。下手をすれば、杵屋とて無事では済まない。

「いやあ、どうしてどうして、善太郎もなかなか商人としてはしっかりとしてきたではありませんか」

「そう言ってくださるのは蔵間さまの贔屓目《ひいきめ》でございます」

「いっそ、お香と夫婦にしてやったらどうですか。あれだけ惚れているのです。夫婦になれば、善太郎のことです。今までにも増して商いに精を出すことでしょう」

「だといいのですが。果たして、そう、うまくいきますかどうか」

善右衛門は息子を案じる父親の顔となった。

「きっと、立派に杵屋を盛り立てます。杵屋の六代目となりますよ」

言っているうち源之助の胸に熱いものがこみあげてきた。ここで泣くのはお門違《かどちが》いだし、第一、善右衛門が下手人と決まったわけではない。今からめそめそしてどうするのだ。己を叱咤したところで茶と羊羹をお香が持って来た。

「どうぞ」

「これはすまんな」

茶碗を手に取ると、なんとも言えない温かみを感じた。かじかんだ手から全身に温《ぬく》もりが伝わっていくようだ。

「羊羹もどうぞ」

「すまんな」

羊羹の甘味とは別にこれからしなければならない行動を考えるとなんとも苦《にが》く感じられる。

「ところで」

源之助は善右衛門を見た。善右衛門はその目を見て、ただならないものを感じたようだ。

「お香、ちょっと、蔵間さまとお話があるから」

お香は戸惑いの表情を浮かべたものの、善右衛門のいつにない厳しい表情を感じとり、黙って奥へと去って行った。

源之助は善右衛門に向き直った。

善右衛門は背筋をぴんと伸ばし、威儀を正した。

「甚吉殺しの件で、番屋にご足労願いたいのです」

そうはっきりと告げた。

三

「そうですか」

返事をした善右衛門の顔は微妙に歪んでいた。それは、源之助までもが自分を疑うのかという悲しみと、どうぞ自分に遠慮せずにという気遣いが微妙に交錯しているように思えてならない。

胸が押し潰されそうになり、まともに善右衛門の顔を見ることができない。

「まいりましょう」

善右衛門はすっくと立ち上がった。

「かたじけない」

言った途端に、

「それはおかしなお言葉でございますよ、蔵間さま」

善右衛門はすっかり落ち着いている。それに比べて自分はなんだ。

そこへ新之助が入って来た。

善右衛門は新之助に頭を下げた。

「どうぞ、お縄にしてください」

「その必要はありません。まだ、杵屋殿と決まったわけではないのですから」

新之助とてもそれを言うだけで精一杯のようである。

そこへ、

「帰ったよ」

元気よく善太郎が帰って来た。その無類の明るさは、この場にあってはどうしようもないほどにくっきりと浮いてしまうからなんとも罪作りだ。

「蔵間様、牧村さまも。よくいらしてくださいましたね。さあ、こんなところにいたんじゃ風邪をひいてしまいますよ。おとっつあん、駄目じゃないか。上がっていただかないと」

善太郎はいそいそと庭を横切ると母屋に向かって、

「お香」

と、大きな声で呼ばわった。

まるで、亭主気取りである。

「おい」

善右衛門が引き止める。ところが、善太郎の耳には入らないようで、

「お香、お客さまだよ」

と、再び声を放った。

「はあい」

お香も明るい声と共にやって来た。

「お香、お客さまにお茶と羊羹を」

言ったそばから、

「いいんだ。無用だ」

善右衛門は厳しい声を出す。

「どうしたんだい」

言い返した善太郎だったが、善右衛門と源之助、さらには新之助までもが強張った顔をしていることに違和感と恐れを抱いたようだ。

「あの、どうかしたのですか」

顔つきと同時に言葉の調子も変わってしまった。源之助が答えようとするのを善右衛門が制し、

「これから、御厄介をかける」

「それって」

善太郎は言葉を失った。

「近くの番屋に行くのだ」

善右衛門はきっぱりと答える。

「一体、なんの用事で」

善太郎の唇は震えていた。

新之助が前に進み出た。

「甚吉殺しの一件で話を訊くことになった」

「甚吉殺しとおとっつあんとどんな関係があるのですか。まさか、おとっつあんを疑

っていらっしゃるわけじゃないでしょうね」

善太郎は源之助を睨んだ。それはこれまでに見たこともない険しいもので、目が充血し、怖いくらいになっている。

「それは、これから取り調べる」

源之助はそう答えた。

「そんな馬鹿な。おとっつあんが人殺しなんかするはずないじゃありませんか。そんなこと、蔵間さまだってよくご存じですよね。それなのにどういうことですか」

善太郎の声が悲壮感を伴って源之助の耳を打つ。

「善太郎、控えなさい」

息子を諌める善右衛門には大店の主の威厳のようなものすら感じられた。

「そんなこと言っていられないよ」

善太郎は源之助の羽織の袖を摑んだ。

「善太郎、いい加減になさい」

善右衛門は善太郎の頰を平手で打った。善太郎の頰が打たれる音が夕空に吸い込まれた。善太郎は右の頰に手を当てたまま茫然と立ち尽くす。

「どうもみっともないところをお見せしました。では、お願い致します」

覚悟を決めた善右衛門には、少しの心の乱れも感じられない。

「では、まいろう」

源之助は新之助を促す。

「おとっつあん」

善太郎は涙声になった。

「馬鹿、今生《こんじょう》の別れじゃないんだぞ。めそめそしなさんな」

「はい」

「留守をしっかり守るんだ。お香のこともな」

「わかったよ」

「情けない声を出すんじゃない。そんなことでどうする」

「きっと、帰って来るよね」

「ああ、こんな頼りない跡取りでは戻って来ないわけにはいかないよ。ねえ、蔵間さま、牧村さま」

陽気に言う善右衛門が哀れでならない。精一杯の強がりは息子への限りない情愛の念に満ち溢れていた。

「まったくだ。善太郎、しっかりするのだ。なに、大丈夫。善右衛門殿を信じろ」

源之助は大きな声を出す。

「そうだ、善右衛門殿が留守の間、しっかり、家を守れ」

「わかりました」

ここに至って善太郎もようやく肚《はら》が固まったようである。善右衛門は源之助と新之助に伴われ杵屋を出た。


日本橋長谷川町にある自身番にやって来た。

善右衛門は土間に正座をし、小上がりになった座敷に源之助と新之助が陣取った。

「杵屋善右衛門に尋ねる」

新之助が仕切った。

「どうぞ、なんなりと」

善右衛門は背筋をぴんと伸ばした。

「さる、二日、そなた、お香の家を訪ねたこと確かだな」

「はい、間違いございません」

「目的はなんだ」

「上野池之端の岡場所の主甚吉とお香の身請けについて交渉をしようとして訪ねたの

でございます」

「間違いないな」

「間違いございません」

「ならば、その時の様子を申せ」

「わたしが、お香の家を訪ねたのは昼九つのことでございました。その時刻が約束の時刻であったからです」

「それで」

「わたしがお香の家に行った時には既に甚吉は殺されておりました」

善右衛門の声は心なしか上ずった。さすがの善右衛門も気負っているようだ。

「しかと相違ないか」

新之助も平生ではない。

「天地神明に誓いまして嘘偽りは申しません」

善右衛門は堂々たる口ぶりである。

「しかし」

新之助は唇を噛んだ。

「わたしの証言、お疑いでございましょうか」

「疑っているというよりも、他にお香の家を出入りした者はおらん」

「それはどういうことでしょう」

「つまり、そなた以外に甚吉を刺すことができた者はいないということになるのだ」

新之助は自分でも半信半疑の様子である。

「それは」

善右衛門もすっかり困った様子だ。源之助の目から見て、善右衛門の言葉に嘘はない。それは、善右衛門という人間をよく見知っていることもさることながら、源之助の同心としての勘がそう告げている。

「それにしても」

新之助は苦渋の表情を浮かべた。

「わたしが嘘を申しておるとお考えなら、拷問をなさってはいかがでしょう」

善右衛門は決して皮肉で言っているのではないということは自分でもよくわかった。

「いや、それは」

さすがに新之助が返事を控えているのは、善右衛門に対する遠慮の他に、拷問を行うには、同心の独断ではできないからだ。上申《じょうしん》し、奉行から老中にまで上げられる。よほどの理由がない限り、おいそれと行えるものではない。

善右衛門が自分を拷問せよとは、それを見越してというよりも、己が潔癖に自信を持っているからだろう。

「いや、それは」

新之助は持て余し気味になった。

「お困りのようですが、これぱかりは、どうすることもできません。わたしは嘘を言うわけにはいかないのです」

理は善右衛門にありそうだ。

「蔵間さま」

困り果てたように新之助が顔を向けてくる。

「牧村さま、では、もう少し、時をかけてはいかがでしょう」

善右衛門にはゆとりさえ感じられた。

「そうだな」

新之助は腕組みをした。

四

新之助は源之助に救いを求めるように視線を預けた。

「これは、これで、その事実を受け止めねばならん」

源之助の答えが理解できないように、

「ごもっとも」

と、呟いたものの視線が定まっていない。

「よって、振り出しに戻る覚悟が必要となろうな」

「どういうことでしょう」

「言葉通りの意味だ」

源之助は言うと番屋から外に出ようとした。あわてて新之助が追いかけて来る。

「蔵間さま、どうすればよろしいのでしょう」

「とりあえず、帰ってもらえ」

「ええっ」

「帰っていただくしかないだろう」

源之助は微笑みかけた。

「はあ」

新之助は善右衛門を振り返る。善右衛門もにっこりして応じた。

「蔵間さまはどちらへ」

「上野池之端だ。岡場所を調べ直す」

源之助はそれだけ言い置くと急ぎ足で出て行った。


甚吉の岡場所にやって来た。

「邪魔するぞ」

最早、顔見知りとなった若い衆は源之助の顔を見るなり、奥へと引っ込んだ。すぐに、奥に入るよう言われ、源之助は菊乃と対面した。

「なんですよ」

菊乃はけだるい中にも悲しみの影を滲ませていた。

源之助が答える前に、

「またぞろ、牛熊の所にでも乗り込むとでも思っていらっしゃいましたか」

「そうではない」

源之助は言下《げんか》に否定する。

「すると、なんですよ。牛熊を捕縛してくれたっていうんですか」

源之助は穏やかに首を横に振る。

「じゃあ、何しに来たっていうんですか」

「まあ、そう尖るな。物事には順序というものがある。おまえは、頭から牛熊が下手人と決めてかかっているが、まずは、ちゃんとした調べを行わねばならん」

「それって、言い訳にしか思えませんけど」

「どう聞こえようと、じっくりと調べる。甚吉に恨みを持つ者は他にいなかったか」

「そりゃ、商売柄恨みを買うことはありますけど。はっきり言って、何処《どこ》の誰とは決められませんね」

「ならば尋ねる。この店の家主は誰だ」

「醤油問屋近江屋徳兵衛《おうみやとくべえ》さんですよ。言っときますけど、毎月の店賃《たなちん》はちゃんと入れてますからね」

と、その時、

「お菊！　お菊！　出てきやがれ」

表で怒鳴り声がした。

「牛熊だ」

菊乃は血相を変えた。

第七章　貴人に情なし

一

牛熊は数人の手下を連れて乗り込んで来た。

「なんだい」

菊乃は正面から牛熊を見据える。

「なんだいとはご挨拶じゃねえか」

今日の牛熊はやけに強気である。

「うるさいね。こちとら、店先であんたみたいに目立つ男に居座られたんじゃ、迷惑なんだよ。客商売やっていて、そんなこともわからないのかい」

菊乃のまくし立てようは聞いていていて胸がすく。

「わからねえな」

牛熊の態度も堂々としたものだった。薙刀で追いかけ回された男とは別人のように自信に満ちている。源之助は部屋の中から様子を窺い、二人のやり取りを見ている。

「で、なんの用だい」

「これだよ」

牛熊は懐から一枚の書付《かきつけ》を取り出した。それをこれみよがしに菊乃の眼前にちらつかせる。

「なんだよ」

菊乃は牛熊の手から引っ手繰《たく》るようにして書付を手にした。視線を落とし、一瞥したところで目つきが鋭く凝らされた。次いで、かっと両眼を見開き牛熊を睨みつける。

「そういうこった」

牛熊は勝ち誇っている。

「どういうこったい」

「おめえ、御直参の姫さまだったんだろう。字くれえ読めるはずじゃねえか。書いてある通りだよ」

「そんなこと訊いちゃいないよ。どうしてこれがおまえの手元にあるんだい」

「だから」

牛熊はめんどくさそうに顔を歪ませた。その書付はこの店の所有に関する証文だった。つまり、この店の家主である近江屋徳兵衛が持つ証文である。

「徳兵衛旦那にな、ちょいとばかり金を融通して差し上げたんだ。そうしたら、徳兵衛旦那、借金の代わりにこの証文をおれにくださったってわけだ」

「汚いね。どうせ、旦那を賭場に連れ込んで博打に嵌《は》めて借金をこさえさせたんだろう」

「そんな汚ねえ真似なんぞするものか。おりゃあ上野界隈じゃ、ちっとは知られた男だぜ」

「そうさ、金に汚い、肝っ玉の小さな男だってね」

「てめえ、いつまでも調子に乗っているんじゃねえぞ。いいか、この店から出て行くんだ」

「なんだい、唐突に」

「いくらなんでも、今日これから出て行けとは言わねえさ。おれには血も涙もあるからな。そうさなあ。明日の暮れ六つまで待ってやる。それまでに、荷物をまとめな」

「馬鹿言ってるんじゃないよ。なんの権利があっておまえの指図を受けなけりゃいけ

って」

「証文に書いてあるだろう。いついかなる時もお店のご都合によって店子《たなこ》は出て行く
ないんだい」

牛熊は声を放って笑った。

「だからって、あんまりにも急じゃないか」

「心配するな」

ここで牛熊はにんまりとした。

「何が心配するなだい。うちだってね、客商売なんだよ」

「だから、心配するなって言っているだろう。女郎と若い衆はおれが面倒を見てやる。この店だって、そっくりそのままにしておけばいいさ」

「そういうことかい。要するにあたし一人を叩き出そうっていう肚《はら》なんだね」

「そういうことだ。本来ならだ、夫婦揃って、おれに楯突いたばつにそのくらいのことじゃ勘弁できねんだがな」

「何を言ってやがる。汚い手を使ってでしか、あたしに勝てないのかい。ずいぶんと情けないことだ。あたしゃ、出て行く気はないからね」

「そいつは通らねえぜ」

「出てなんかいくもんか。この店はあの人と二人で築き上げたんだ。あの人の魂が宿っているんだからね」

「なら、この家、買ってもらおうじゃねえか！」

牛熊は怒鳴りつける。

「買ってやるよ」

「よし、三百両だ。おめえ、払えるのかい」

牛熊は周囲を見回した。みな、牛熊とは視線を合わせようとしない。そんな大金、一度に集められるはずはない。

「ちゃんと、耳揃えて持ってきやがったら、勘弁してやるよ」

牛熊は鼻で笑う。

「払ってやるさ」

売り言葉に買い言葉とはこのことだろう。菊乃に三百両もの大金を払える当てなどありはしないことは明白だ。

「その言葉忘れるな」

「そっちこそ」

二人は睨み合ってから牛熊の方が出て行った。その直後、菊乃は奥に引っ込んだと思うと、脱兎の勢いで引き返して来た。両手にはこぼれんばかりに大量の塩を摑んでいる。それを往来に向かって、凄い勢いで投げつけた。

ここで源之助が出て来た。

「とんだことになったものだな」

「汚い野郎ですよ」

菊乃の顔には疲れが滲んでいた。さすがの菊乃も動揺を隠せないでいる。

「しかし、証文を手にされたのでは、いささか、いや、大いに不利だな」

「いささかどころじゃないですよ」

菊乃は返した。

「どうする気だ」

「三百両、なんとかしますよ」

「当てはあるのか」

「ありません」

「どこぞに借りに行くのか」

「そうするしか仕方ありませんね」

菊乃はやつれた笑みを浮かべた。

「こんなことを申してはなんだが、これをきっかけに、足を洗ったらどうだ」

源之助は努《つと》めてやさしげに語りかけた。

「何をおっしゃるんですか」

菊乃は薄ら笑いを顔に貼り付かせた。

「本気で申しておるのだ。これがいいきっかけとは思わぬか。店を出て行けば、暮らしが立たないということはあるまい」

「そりゃあ、なんとか食ってはいけるでしょうけど」

「ならば、いいではないか」

「そういうわけにはいきません」

「甚吉への義理か」

菊乃は深々とうなずく。

「甚吉とて、おまえの無事が一番なのではないのか」

「あたしは、あの人に恩があります。前にも話しましたが、命を助けてもらったのです。この店はあの人が心血を注いで築き上げた店なのですよ」

「だからといって、もう、おまえだって、十分に尽くしてきたではないか」

「そんなことはございませんよ。まだまだです。それに、あたしにだって意地ってもんがありますからね。牛熊なんかに負けたくありません。ましてや、牛熊なんかに追い出されたとあったんじゃあ、この店が牛熊のものなんかになったら、あの世で甚吉さんにどんな顔向けをすればいいのか」

菊乃の目にはうっすらと涙が浮かんだ。

「気持ちはわからんことはないがな」

「旦那」

菊乃はじっと源之助の目を見た。無言で返す。

「牛熊の奴をお縄にしてくださいよ」

菊乃の物言いは決して冗談ではなく、まさしく、覚悟のようなものが感じられた。

「甚吉殺しでか」

「決まってますよ」

「だが、昨日も申したように、牛熊が甚吉を殺したという証はない」

「なら、証を探してくださいよ」

「そう簡単にはいかん」

「それでも、旦那、八丁堀同心でいらっしゃいますか」

己の誇りを傷つけられるこの言動に、不快感を募らせたものの、菊乃の心情を思うと言い返す気にはならなかった。

「お願いしますよ」

「だがな、定町廻りは既に牛熊を無罪と考えている」

「だったら、旦那が突き止めてくださいよ」

菊乃は譲らない。

「勝手には動けん」

菊乃は嘲《あざけ》りの表情を浮かべた。

「ところで、お香はどうしていますか」

「おまえも知っての通り、杵屋善右衛門殿が身請けをした。今は杵屋に住まいしている」

「それはよかったですね」

菊乃はにんまりとなった。

「ならば、これでな。わたしは、おまえが足を洗うことを願っている」

「わたしにその気はありませんよ」

菊乃もきっぱりと返した。

「じっくりと考えてみることだ」

源之助はそう言い残してから店を後にした。それを菊乃はじっと見送った。

二

さて、どうする。

このまま帰るのはなんとなく胸がもやもやとする。いや、なんとなくではない。今、源之助の胸の中にははっきりと菊乃に対する同情の念が湧きあがっていた。

思えば不幸な女だ。

直参旗本の姫に生まれながら、嫁ぎ先からは離縁され、実家すらも失い、彷徨《さまよ》ううちに自害を考え、甚吉によって救われた。そして、その命の恩人甚吉と力を合わせ、やり手となって第二の人生に船出した。

いわば、自力で人生を切り開いてきたのだ。あの口調、胆《きも》の据わり具合、まるでやり手そのものであり、そこには過去のかけらも想像させない。

そんな菊乃が今度は三度目の試練に直面している。

菊乃という女の好き嫌いにかかわらず、応援したくなるのは人情というものだ。もちろん、八丁堀同心の職分を大いに逸脱する行為であることは百も承知している。

それでもかまわない。

影御用だって居眠り番という本来の職務からは大いにはみ出したものなのだ。

何を今さら躊躇《ためら》うことがあろう。

自分の意思で自分の信念で正しいと思う役目を果たせばいいのだ。

では、菊乃を助けるといってどうすればいいのか。

決まっている。

三百両の手当だ。しかし、三百両ともなると、逆立ちをしたって用立てることなどできはしない。たとえ、杵屋を頼ったところで、三百両など無理というものだろう。

「となると、やはり」

頼るは村上定観。

定観なら、三百両の金を用意できる。というより、三百両の値打ちのある絵を描くことができるだろう。

絵師にとって絵を描くことは武士における真剣勝負だと定観は言っていた。だから、安易に絵を描くことはできないのだと。

だが、かつて情熱を傾けた菊乃のためならば。菊乃が苦境に陥っていることを耳にすれば。

定観とても、むげにすることはできまい。

源之助は定観の屋敷に足を向けた。


上野黒門町の定観の屋敷では客間に通された。さすがに江戸一の絵師であるだけに、客間には値の張りそうな装飾品が飾られているが、床の間の掛け軸は果たして定観の作品なのか、それとも定観以外の高名な絵師の手になるものかはわからない。それでも、定観の客間にあるというだけで高級感がする。

程なくして定観がやって来た。

「蔵間さま、ようこそ」

定観は満面に笑みをたたえた。

「突然の訪問、失礼します」

「そんなことはよろしい。それで、ご訪問くださいましたのは」

問いかけているが、定観には源之助の訪問目的が菊乃に関係するものであるとはわかり過ぎるくらいにわかっているのだろう。目は期待で爛々とした輝きを帯びている。

「むろん、菊乃さまのことです」

敢えて、お菊とは言わず菊乃と呼ぶことによって定観の菊乃に対する思慕の念をかきたてようと思った。

「会ってくださるのですか」

定観はまさしく源之助の両手を取らんばかりの勢いだ。

「会わせましょうとは」

定観の表情にほんのわずか陰りが生じた。

「絵を描いてください」

「ですから、先日も申しましたように」

「絵師にとって絵を描くとは武士における真剣勝負でしたな」

「その通りです。ですから、そうおいそれとは描けるものではありません。いくら、十両で菊乃さまが会ってくださるとはいえ、それぱかりは安易に引き受けるわけにはまいらないのです。そこのところ、お汲み取りくださいまし」

定観は困惑を通り越し迷惑顔だ。

十両の仕事でもこの頑《かたく》なさである。これから切り出そうという三百両の話を持ち出した日にはどうなるのだろう。

大いに危惧されるところだが、定観がどんな反応を示すのかいささか意地の悪い興味も湧いた。

「定観先生のお気持ちはよくわかります。本日まいりましたのは、菊乃さまに関することながら、十両の話ではないのです」

源之助は至って落ち着いた素振りで語りかける。定観は不安に彩られながら、

「では、いかなることですか」

「十両ではありません。三百両です」

源之助は殊更なんでもないことのように告げた。

定観は言葉の意味が理解できないように押し黙ったまま源之助を見返した。

「三百両です。三百両が必要なのですよ」

「そ、それは、いかなることですか。まさか、菊乃さまが必要となすっておられるのですか」

定観は急にそわそわしだした。

「いかにも菊乃さまは三百両を必要となすっておられます。しかも、明日の暮れ六つまでに」

「それはまた急な」

定観はすっかり及び腰となってしまった。

「どうか、三百両を用立てるために、絵を描いてください」

源之助は頭を下げた。

「三百両とはいかにも大金です。絵を描く、描かないはともかく、どうしてそんな大金が必要なのかをお話しいただけませんか」

定観はおずおずと尋ねてきた。

「つい先ほどのことでござる」

牛熊が菊乃の店に乗り込んで来て、家主の証文を盾《たて》に追い出しにかかったことを簡潔に話した。

「なるほど、そんなことが」

定観は悲壮に顔を歪ませた。

「ですから、どうしても三百両が必要なのです」

「その三百両をわたしの絵で工面《くめん》しようということですか」

定観の声は冷ややかさを帯びていた。これまでの菊乃に対する思慕の念を切々と訴えていた男からは信じがたいほどの冷酷さを伴っている。

「いかにも」

今度は源之助の声がか細くなった。

「できません」

定観はあっさりと告げた。

その棘のある物言いは不快だ。

「どうあってもですか」

源之助の口調にも険が含まれてしまった。

「できません」

「菊乃さまが困っておられるのですぞ」

「わかっております」

「定観先生が恋い慕われ、一言でいいから言葉を交わしたいと心の底から望まれた女人ですぞ。先生が生涯でただ一人愛おしく想われた方なのですぞ」

源之助の切々とした訴えかけを冷ややかな眼差しで見る定観である。

「そのお方が困っておられるのです。これが、我らのような凡人ならばどうすることもできず、指を咥えたまま見守るしかありません。しかし、あなたは違う。あなたは江戸一の絵師村上定観だ。村上定観ならば、救うことができるはずです」

「それは、菊乃さまの意思ですか。それとも、蔵間さまのお考えか」

定観の顔からは表情が消え去っている。

「わたしの一存でまいりました」

「そうですか」

定観の顔からはその意思を読み取ることはできない。

「どうかお願い致す」

源之助は両手をついた。

「お手を上げてください。蔵間さまのようなご立派なお役人がわたしのような情けない男に頭など下げてはなりません」

「どうか、お願い致す」

源之助は定観の声が耳に入らないかのように頭を下げ続けた。

「蔵間さま、わたしを困らせないでください」

定観の声に怒気が含まれた。

「困らせるのは大変に恐縮と存じます。ですが、敢えて申しますれば、ご自分が恋慕った……」

「いや、それはわかっております。菊乃さまのことで蔵間さまのお手を煩わせたことはまこと心苦しいと思っております。ですが、わたしには絵を描くことはできません」

「絵師としての誇りですか。それとも意地ですか」

「そうです」

　定観はすまし顔である。

「なるほど、あなたは江戸一の絵師、公方さまや大奥の覚えもめでたいお方です。その誇り、わたしのような凡人にもわかります。ですが、世の中には己が誇りや意地を捨てても許される時があるのではございませんか」

「菊乃さまのために絵を描くことがその時だと申されるのですか」

「いかにも」

「それはできません」

　定観の目には悲しみの色が浮かび上がった。

「やはり、誇りや意地は捨てられないと」

「それもあります。ですが、わたしには公方さま献上の絵を描かねばならないのです」

　定観は菊乃への思慕の念を吹っ切るように首を横に振った。

「公方さまの絵を描いておられるのですか」

三

確か、絵筆が手に執れないと嘆いていたではないか。だから、菊乃と一言だけでいいから言葉を交わしたいと。

そんな源之助の心の内を察したのだろう。定観は躊躇いがちに言い訳を始めた。

「むろん、菊乃さまへの想いは今も続いております。しかし、この前よりは和らいでおることも確かです。ことに、十両の話を聞いてからというもの、自分でもよくわからないのですが、熱い思いがやや冷めたとでも申しましょうか。やはり、菊乃さまは昔の菊乃さまではないということにやっと気が付いたとでも申しましょうか。そうなりますと、会いたいことは会いたいのですが」

定観はここで言葉を止め自嘲気味な笑いを浮かべた。

菊乃への恋情が冷めたということか。

変わり身が早いというより、当然のことなのかもしれない。実際、源之助はそうなると思っていたし、そうあるべきだと考え、定観の菊乃に会いたいという要請を引き受けかねたのだ。

いわば、源之助がよいと考えた通りになったというわけだ。だが、胸には到底割り切れないものが大きくわだかまっている。

いや、それどころか無性に腹が立ってきた。

「まったく、わたしはどうかしていたのです。突如、若かりし頃に恋い慕っていた菊乃さまに遭遇し、前後の見境を失ってしまった。わたしの弱さでしょうね。菊乃さまだってさぞや迷惑だったでしょう。考えてみれば、いや、考えるまでもなく、今の菊乃さまは昔の菊乃さまではない。上野池之端の岡場所桔梗屋のやり手お菊です。なんで、そのことがわからなかったのでしょうな」

定観は苦笑いを浮かべるばかりだ。

「それは本心でござるか」

必死で怒りを封じ込める源之助である。

「そうですよ」

しれっと答える定観がなんとも恨めしい。

「まったく、とんだ暇を潰してしまったものです。蔵間さまと京次さんにもずいぶんと手をかけさせたと申し訳なく思っております」

定観は慇懃《いんぎん》無礼《ぶれい》ともいえる馬鹿丁寧さで両手をついた。それは、つい、先日、居眠り番で見せた、菊乃との再会を切望し、その取り成しを藁にもすがるようにした者とは大きな隔たりがあった。

「では、もう、菊乃さまとは会わなくてもいいのですな」

尋ねる自分がひどくみじめに思える。

「一言くらい、昔話でもできたらと思っていましたが、蔵間さまからそんな厄介な話を聞いたからには、会わない方がいいでしょう」

「いささか、身勝手ですな」

怒りで声が震えてしまうのをどうすることもできない。

「身勝手かもしれませんが、わたしの立場もあります」

「江戸一の絵師というお立場ですか」

定観が自分で言っていたように岳父村上宗観の引きがあったからではないかという思いが脳裏を過《よ》ぎる。

「では、わたしはそろそろ失礼致します。公方さまへ献上する絵がまだ描きかけですのでな」

ついに源之助の勘忍袋の緒が切れた。

「公方さまへ献上の絵、江戸一の絵師、なるほどまことにご立派なものだ。わたしなど口を利くこともできないお方ですよ、あなたさまは」

定観はきょとんとしている。

「それに対して菊乃さまは、今や岡場所のやり手。ですがね、その菊乃さまがどんな思いで今日まで生きながらえてきたのか。どんな、苦労を重ねてきたのか。お考えになったことがありますか。菊乃さまは、まさしく死を覚悟して、必死で生きてきたのですよ。天涯孤独の中、甚吉という男と巡り合い、その甚吉のために死にもの狂いで桔梗屋を守ろうとしている。そんなけなげな生き様をあなたはなんとも思われないのですか」

「………」

定観は言葉を失った。

「そんな菊乃さまに救いの手を伸ばそうとは思わないのですか」

「しかし、それは……」

「己が懐かしさで会いたいと哀願しながら、冷めてみると、今さら関わりたくないという身勝手さ。それがお偉いお方の心根なのですか。貴人に情なし、ですな」

源之助は立ち上がった。

定観は恐る恐る見上げてくる。

「いいですか。これだけは言っておきます。あなたが、そんなに不人情なお方とは思っておりませんでした。永年、八丁堀同心として多くの人間と接し、人を見る目はあると思っておりましたが、どうやら、わたしのうぬぼれと気が付きましたよ」

精一杯の皮肉を込めて言い放つ。

定観は黙り込んでしまった。

「ならば、これで」

源之助は立ち上がるや、襖をぴしゃりと閉じた。大きく響き渡る音は源之助の怒りを伝えていた。

定観の屋敷から出た。

寒風に包まれ、今までの定観とのやり取りが頭を過《よ》ぎってしまい、寒さひとしおだ。

村上定観を頼ってしまった自分が情けない。あの男の持つ弱さ、というものを自分は見抜いていたではないか。それにもかかわらず、自分の方が弱くなってしまった。

そんな自分が情けない。

ひょっとしたら、自分は菊乃や定観よりも弱い人間なのかもしれない。

そんな罪悪感やら敗北感に包まれてしまった。

ふと、菊乃の顔が思い浮かぶ。

菊乃は一体、どうしているのだろう。菊乃のことだ。何もしないまま無駄に時を過ごすとは思えない。

しかし、いくら菊乃とて三百両もの大金となると、いかにもがいたところで、調達するのは不可能ではないか。


その菊乃は杵屋に来ていた。

「ご主人にお願い申します」

菊乃は丁寧に挨拶をした。着物も地味な弁慶縞を着込み、紅《べに》は差さず、白粉《おしろい》も控え目だ。それでも、さすがは直参旗本の妻女というだけあって、その物腰には楚々とした優美さが感じられ、下品さはなりを潜めている。

それは応対に出た善太郎の態度を見ても一目瞭然だった。

きわめて折り目正しく、応対に出て、履物を手に取っては熱心な説明を始めた。

「あの、恐れ入りますがご主人にお会いしたいのです」

菊乃は丁寧な物言いながらも、有無を言わせない態度を滲ませた。

「は、善右衛門でございますか」

善太郎は戸惑い気味に問い返した。

「そうです。お願いしてください」

「はあ」

善太郎は迷う風だったが、結局奥に引っ込んだ。すぐに善右衛門が現れた。善右衛門は菊乃に気が付いた。

「これは、一体」

今度は善右衛門が驚く番である。

「恐れ入りますが、こちらにお香さんが御厄介になっていると」

途端に善太郎が出て来た。

「お香がどうかしたのですか」

そのあわてようは他の客の視線を集めるほどだった。

「ま、ともかく、こちらへどうぞ」

善右衛門があわてて仲裁に入り、菊乃を裏手にある母屋へと導いた。

菊乃は善右衛門に伴われ母屋へと向かった。善太郎も後からついて来る。

母屋の客間に入った。

「どんなことでございましょう。ご存じとは思いますが、お香は既に、牛熊さんから身請けがすんでおります」

善右衛門が言ったところで、

「そうですよ。一体、あなたはどちらさまなのですか」

「わたしは上野池之端の岡場所桔梗屋の菊と申します」

「すると」

善太郎は善右衛門を向いた。善右衛門が答えようとする前に、

「やり手ですよ」

言った途端に、菊乃はこれまでの態度を改めた。

「やり手がお香になんの用なんだい」

善太郎は尖った目をする。

「どうか、お香さんに会わせてください」

唐突に菊乃は頭を下げる。

「だから、なんの用なんだい」

善太郎はすっかり警戒心を抱き、菊乃を寄せ付けない態度である。

「旦那、お願いします」

「倅も言ったように、今さら、お香にどんな用があるのですか」

善右衛門はさすがに冷静である。

「お香さんしか頼る人がいないのです」

「だから、どんな」

善太郎は苛立ちを隠せない。

「牛熊をお縄にするんです」

菊乃の目には炎が立ち上っていた。

四

「それはどういうことですか」

善右衛門は静かに問いかけたものの、善太郎は気が気ではないようだ。

その時、奥の襖が開いた。お香が立っている。

「お香、なんでもないんだよ」

善太郎は猫撫で声を出した。ところが、お香はそれを無視して客間に入って来た。

菊乃の前に座る。

「お香さん、今さら、わたしがこんな所にまで押しかけて来たこと、ごめんなさいね。でもね、どうしても聞いて欲しいことがあるの」

「甚吉殺しの一件ですか」

お香は飲み込みが早い。

「そう、甚吉は牛熊に殺された。きっと、手下にやらせたんだって、そう、わたしは信じている。だから、そのことをお香さんから証言して欲しいの」

菊乃は訴えかけた。

「でも」

お香は躊躇いを示す。

「そんな無茶なことを言いなさんな」

善太郎がたちまち反応した。

菊乃は善太郎を睨んだ。その視線の凄さに気圧《けお》されるように善太郎は口ごもる。

「わたしは、証言したくとも何も見てはいません」

お香は困惑気味だ。

「みろ」

善太郎が騒ぐ。

菊乃が露骨に顔をしかめると、

「おまえは黙っていなさい」

善右衛門の叱責が飛んだ。

「黙ってなんかいられないよ」

「いつから、おまえは商いをするんだ。なんだい、店を放りっぱなしになんかして」

善右衛門が強い口調になった。

「大丈夫ですよ」

お香も申し添える。

「でも」

それでも躊躇う善太郎に、

「いいから行きなさい」

善右衛門が釘を刺すように言った。善太郎は菊乃を一睨みしてから大きな足音を立てながら廊下を店へと進んだ。

「お香さん、それは怖いかもしれません。ですけど、お香さんには指一本触れさせませんから。どうか、証言してくれませんか」

菊乃は善太郎に対する態度とは違って真摯な態度を取った。

「でも、わたし……」

お香は迷いから逃れられない。

「なんとしてもうちの人の仇を討ちたいのです」

お香はうなだれた。

「お菊さん、甚吉殺しに関しましてはわたしもいささか関わっております。先だっては町方の御厄介にもなりました。それで、多少は、事情がわかるのですが、牛熊を下手人とすることには無理があるようです」

善右衛門の口調は淡々としたものであるだけに、真実味が感じられる。横でお香もうなだれていた。

「だから、ここでお香さんに証言してもらえば、お役人だって納得してくれますよ」

菊乃は強く主張する。

「そんな」

お香はすっかり困惑している。

「そういうことです。どうか、お引き取りください」

善右衛門はあくまで柔らかな口調で頼むような態度を取った。それは、練達の商人であることを窺わせる。菊乃はしばらくの間、思案に暮れるようにして身を固めてしまった。お香は怯えたように身をすくめている。

「どうしてもできないって言うのかい」

お菊は腹から振り絞るような口調になった。善右衛門がいたわるような眼差しをお香に預けている。

「できません」

お香は消え入りそうな声で答えた。

「もう、頼まないよ」

菊乃は捨て台詞を言うと腰を上げた。

「ご亭主は気の毒だが、こればかりは仕方ないね。遅くなったが、これはわたしからの気持ちです」

善右衛門は二分金を二枚紙に包んで差し出した。

「一両ですか」

さも不満げに菊乃は発するとそれを懐中に仕舞い、そそくさと出て行った。

「もう、大丈夫だ」

善右衛門はお香の肩をそっと撫でた。

「すみません」

お香は何度も頭を下げる。

「いいんだよ」

お香は困惑を隠せないでいた。

「そうだ、気分晴らしにどこか出かけるといい。近所のお稲荷さんにでも出かけていくといい」

善右衛門の気遣いにお香はようやく表情を明るくした。

「なら、行きなさい」

「でも、若旦那さんが心配なさるといけません」

「善太郎にはわたしから話しておくからいいさ」

善右衛門はお香を促した。

「ありがとうございます」

お香は何度も礼を述べると立ち上がった。

お香が杵屋の裏木戸から出たところで、

「お香」

と、着物の袖を摑まれた。

「な、なんですか」

危うく悲鳴を上げようとしたところで、菊乃が前を塞いだ。

「やめてください。わたしは証言なんかできません。嘘をつくわけにはいかないんです」

「そうかい、どうしてもかい」

「はい、申し訳ないんですけど」

お香はぺこぺこと頭を下げる。

「これほど頼んでもいやだって言うんだね」

菊乃は凄んだ。

「できません」

ここに至ってお香はきっぱりとした口調になった。

「あんた、うちの人に色目を使っていただろう」

菊乃は上目使いになった。

「そんな」

お香は視線を彷徨《さまよ》わせる。

「わかってるんだよ。あんた、牛熊に買われようとした時、うちにやって来て、うちの人に自分を売り込んだんだ。牛熊よりも高い値で買ってくれって。その金持ってどっかへとんずらするつもりだったんじゃないのかい」

「違いますよ」

「違わないさ。あたしゃ、見ていたんだ。あんたがうちの裏庭でうちの人に言い寄っているの」

「あれは、甚吉さんに身の上話を聞いてもらっていたんです」

「その割には胸元に顔を埋めてしくしく泣いていたじゃないか」

「ですから、話しているうちに悲しくなってしまったんです」

「そんな言い訳が立つものかい。わたしにはわかるさ。あんたが、うちの人を誑《たら》し込もうとしたこと。今の杵屋さんだって、あんた、散々に利用しようって肚《はら》なんだろう」

菊乃はお香の顎を摑んだ。お香は泣きそうな顔をしていたがふっと気を引き締めたような顔つきとなり、

「だったら、どうなのさ」

急に下卑た口調になった。

「とうとう正体を見せたね」

「あんたに言われる筋合いはないよ。あたしだって、何も知らない乙女ってわけじゃないんだ。出来損ないの親父、飲んだくれで博打狂いの親父を持ったらさ、自分の裁量で生きていかなきゃしょうがないさ。男をだますことくらいするよ」

「そうかい、何もそれを悪いなんて言わないさ。それで、あんたが、牛熊の手下を見たって偽証してくれたら、お礼をするよ」

お香の瞳が瞬《またた》いた。

「五両だ」

「それじゃあね」

たちまち顔を曇らせる。

「十両でどうだい」

「よし、手を打った」

お香はにんまりとした。

「そうこなくちゃいけないよ。あんたはわたしの見込んだ通りだ。どうだい、一緒に組んでやらないかい」

「まっぴらごめんだよ。これっきりにしておくれな」

お香の口調は乾いていた。

とても十七、八の娘には見えなかった。

第八章　菊一輪

一

源之助は定観の屋敷を出てから、胸が騒ぐと同時にどうしようもないやるせなさを感じていた。

自分の無力さ加減を思い、このまま一人では帰る気になれない。ついふらふらと暖簾を潜ってしまったのは、京次と一緒に飲んだ縄暖簾である。そう、定観と出会った飲み屋だった。

一人で飲みに来るなど滅多にない。いや、記憶にない。元来が酒好きな性質ではないのだ。だが、今日は無性に飲みたい。飲まずにはいられない。

小上がりに座り、手酌で飲んでいると暖簾が勢いよく揺れた。見るともなしに視線を向けると京次である。京次はすぐに源之助に気が付いた。目と目が合うと、源之助が一人でいることにおやっという表情を浮かべたものの、ごく自然に小上がりの座敷に上がって来た。

「お珍しいじゃござんせんか。お一人で飲んでいらっしゃるなんて」

「わたしだってたまには一人で飲みたくなる日もあるさ」

「何か嫌なことがありましたか」

話したくはなかったが、酒に酔ったこともあり、誰かを相手に鬱憤《うっぷん》を晴らしたくもなった。

「定観先生の御屋敷に行って来た」

京次はほうっと言いながら酒を注文した。

「お菊がどうしても三百両という大金が必要となったのでな」

三百両が必要となった経緯と定観に頼みに行ったことを語った。

「へえ、それで、定観先生はお断りになったんですか」

「そうだ」

一息に猪口を呷《あお》った。

「でも、あんなにもお菊に会いたがっていたじゃありませんか。一言だけでいいから言葉を交わしたいって。泣きださんばかりに蔵間さまを頼っていらしたじゃござんせんか」

京次は信じられない様子だ。

「それが一体どうした風の吹き回しですよ」

「気が変わったんだろうさ」

「心変わりだなんて、そんな、そりゃあねえや」

京次は大きく首を捻った。

「もう、お菊への思慕の念は冷めてしまったというわけだ」

「だって、この店で会ってから幾日も経っちゃあいませんよ。あんなにも恋い焦がれていなすったから、あっしだって一肌脱ごうって気になったんですぜ」

京次の顔に赤みが差したのは酔ってではなく、怒りのためだろう。

「わたしとて、色恋などというものは遅かれ早かれ冷めるとは思っておったが、これほど急にとはな。貴人に情なし、とはまさしくこのことだ」

「なるほど、お偉いお方ってのはあっしらと違う心を持ちなすっているのかもしれませんね」

「そういうものかもな」

源之助は猪口を額に当てたまましばし黙り込んだ。京次もため息をつく。なんとも陰気な空気が漂った。

「すみません」

京次が神妙に頭を下げる。

「おまえが謝ることはない」

「あっしが蔵間さまを引きずり込んだんですからね。いけねえのはあっしですよ。色恋沙汰なんて、まったく蔵間さまには不似合いなことにね」

言ったそばから源之助に対する非礼を思ったのか、京次は口をつぐんだ。源之助は咎めるどころか自嘲気味な笑みさえ浮かべた。

「わたしに色恋がわからないというのはまことのことだが、今回はそのことよりもわたしの人を見る目のなさを痛感した一件となった。それが堪らなく悔しいし、敗北感を抱いてもいる。八丁堀同心として、一体何をやってきたのだろうとな」

「何をおっしゃいますか。蔵間源之助さまは北町きっての辣腕。立てた手柄は数知れず。まさに、八丁堀同心の鑑《かがみ》のようなお方ですよ」

「それも一人よがりであったのかもしれん」

「いけませんよ、そんな風にお考えになっちゃあ」

「こんな風に物事を悪く考えてしまうのは、歳のせいなのかもしれない」

弱音を吐くことを躊躇わない自分が情けない。

「今日はぱあっと飲みましょう」

「そうだな、と、申しても大しては飲めぬが」

源之助は猪口を差し出した。


源之助はしたたかに酔った。自分一人で帰ると言い張ったが、京次が肩を貸し八丁堀の組屋敷まで戻って来た。

玄関を開けたところでしゃきっとしようと背筋を伸ばしたが、すぐによろめいてしまった。それをあわてて京次が支える。そこへ久恵がやって来た。久恵は酔態した源之助に戸惑いを隠せない。

「蔵間さま、少々、お過ごしになって」

京次が何度も頭を下げる。

「これはご面倒をおかけしました」

「大丈夫だ」

腰を上げた途端によろよろとしてしまう。

「今日はこのままお休みになられた方がよろしゅうございますよ」

京次は源之助の肩を支えた。

「それが、お客さまがいらしているんです」

久恵は困惑している。

「誰だ」

源之助は酔眼を向けた。

「お菊とおっしゃってますが」

「お菊！」

源之助の声は酔いも手伝ってかひときわ大きなものだった。

「お菊がなんの用でしょうね」

京次は首を捻った。

「ともかく、会ってやるか」

源之助は呂律《ろれつ》は怪しくなっているものの、目元には鋭さが戻っていた。手を貸そうとする京次を振り切るようにして奥に向かう。京次も後に続いた。

居間に入ったところで菊乃が待っていた。菊乃は一目見て源之助が酔っていることに気付いたようだ。

「いいご気分のようで」

「少しだけな」

己が不明を恥じるように菊乃から視線を外した。

「早速ですが、牛熊をお縄にしてください」

いかにも菊乃の物言いは唐突なものだが、その目を見れば冗談ではないことがわかる。驚いたのは京次で、

「なんだい、藪から棒によ」

菊乃は京次を無視して、

「お願いします。お香が牛熊の手下がうちの人を殺したとこを見ているんです」

「嘘つくな」

京次はいきり立った。

「嘘じゃありませんよ」

菊乃は反発することなく、むしろ、弱々しいくらいだ。それだけに、その悲壮感がしっかりと伝わってきた。

無言の源之助に向かって、お香が今までは牛熊が怖くて証言できなかったが、やっと語る決意をしたと話した。

「へえ、こいつは驚いた」

京次は驚きの顔をした。

「確かだな」

呂律の怪しくなった舌で源之助は念押しをする。

「嘘じゃありません」

菊乃は静かに答える。

「こいつは、いい具合になってきたんじゃありませんか」

「そうだな」

源之助は酔いが次第に冷めていくのがわかった。

「ならば、お縄にしてくださいますね」

「申すまでもない。人殺しを野放しにはできないからな」

「そうでなくっちゃあ」

菊乃は笑顔を見せた。

「でも、よろしいんですか」

京次が耳元で囁いた。

「何がだ」

酔眼に菊乃と京次の顔がぼやけて映る。自分ではしっかりしているつもりだが、酔ったままなのだろう。

「牧村さまと源太郎さまですよ」

京次の声が心持ち大きくなったような気がした。

「二人がどうかしたのか」

「お二方とすり合わせた方がいいんじゃござんせんか」

京次は危ぶんでいる。

「どうしたんですか」

菊乃は心配そうだ。

「それがな、殺しの一件は定町廻りの持ち分なんだ。だから、勝手には動けないということだ」

京次は親切心で説明をしたのだろうが菊乃はそれで収まることはなく、

「何言ってるんですよ。あたしゃ、蔵間さまにお願いに上がったんです。御奉行所の事情なんてどうだっていいんです。それに、蔵間さまは北町きっての辣腕でいらしたんですよね。だったら、他の方々の顔色を窺うことなんかないじゃござんせんか」

「顔色を窺うんじゃねえよ。きちんと段取りを踏むってことだ」

「段取りだかなんだか知りませんが、蔵間さまよろしくお願いしますよ。八丁堀同心の意地を見せてくださいな」

菊乃は言いたいことだけ言ってさっさと立ち去ってしまった。

「なんでえ」

京次は舌打ちをする。

「八丁堀同心の意地な」

源之助は薄笑いを浮かべた。

二

菊乃が出て行ってから京次は源之助に向き直った。

「いいんですか」

「ああ、大丈夫だ」

酔った勢いで胸を叩く。

「一応、牧村さまと源太郎さまに断りを入れた方がいいと思いますがね」

酔っている頭の中で京次の言葉は至極説教じみて聞こえる。

「うるさい」

ついむきになってしまった。

「差し出がましい話をしてしまいまして申しわけございません。ですがね、菊乃の言い分の裏を取らなくていいんですか。いつもの、蔵間さまならそうしてこられましたよ」

「だからなんだ」

自分で制御ができない。まさしく酔態をさらしている。頭ではわかっていても気持ちの制御がきかない。

「どうなすったのですか」

久恵が入って来た。

「なんでもない」

つい、久恵に当たってしまう。

「あっしが差し出がましいこと言ってしまいましたんで」

京次は何度も頭を下げた。

「もう、お休みになったらいかがですか」

「うるさい」

馬鹿の一つ覚えのような台詞を発しながらも寝間に向かおうと腰を上げた。そこへ、

「ただ今、戻りました」

元気一杯の源太郎の声だ。源太郎の潑剌とした様子が羨ましくなった。

「父上、ただ今戻りました」

挨拶をしてから源太郎は源之助が酔っていることに気付いた。

「過ごしておいでのようですね」

本人はいたわっているのだろうが、その一言にかちんときてしまう。

「大して飲んではおらん」

「そうですか」

受け答えをしながら京次に確認を求める源太郎に腹が立つ。

「それより、今日は何かあったのか」

「いえ、取り立てては」

源太郎とて酔態をさらしている源之助のお相手をまともにはできない思いなのだろう。それはいかにもやり過ごしたという感じだ。

「なんだ、その取り立ててとは」

「ですから、特別に父上にご報告申し上げることはないと申しておるのです」

源太郎は腫物に触るような様子だ。

「真面目に町廻りを行っておるのか」

すっかりからみ口調になっている。

「やっております」

源太郎もわずかに声を大きくした。

「やっておったのなら、何か報告することがあるはずだ。何もないとはいかにも気が入っていないではないか」

「そんなことはありません」

「ならば、報告してみろ」

「父上は上役ではございません」

源太郎の言葉が深く源之助の胸に突き刺さった。

言葉が出てこない。確かに自分は定町廻りを外された。両御組姓名掛、いわゆる居眠り番が今の役目である。そのことが冷たい現実となって自分に襲いかかる。

源之助の沈黙に源太郎も言葉が過ぎたと思ったのか視線を彷徨わせた。京次もどんな言葉をかけていいかわからないのだろう。唇を固く引き結んで固まってしまった。

久恵は顔を蒼ざめさせながらも、自分が間に入るべきだという使命感が起こったようだ。

毅然と背筋を伸ばした。

「源太郎、父上に向かって無礼ですよ」

源太郎は久恵の叱責を受け入れ、源之助に頭を下げた。

「申し訳ございません。大変に失礼申しました。父上はどのようなお立場になろうと、我ら定町廻りの者にとりましては、御指導を仰がねばならないお方と存じます」

素直に詫びられれば詫びられるほど、自分がみじめになっていく。居眠り番に左遷された現状への不満ではない。今回の影御用、果たして影御用と呼べるのかさえ不確かなことながら、定観と菊乃、さらには、善右衛門、善太郎の色恋沙汰に振り回され、すっかり自分を見失ってしまった。おまけに、自分を誤魔化そうと飲みつけない酒に溺れ、揚句《あげく》に悪態を吐いている。

四十三にもなり、不惑どころか、迷い、惑っている。

そんな自分が情けない。

「いや、よい。わたしが悪かった。酒に溺れ、酔態をさらしてしまった」

すかさず京次が、

「あっしが悪いんですよ。今日、かかあと揉めましてね、むしゃくしゃしてましたんで、つい、蔵間さまを誘ってしまって、愚痴をこぼしているうちに酒を付き合っていただいてしまいまして。ほんと、すみません」

「そういうこともあるさ。父上だって、たまにはお酒を飲みたくなるのは当然のことだ」

源太郎は明るく言う。久恵も笑みをこぼした。

「当分、酒はやめる」

源之助は苦笑いを浮かべる。

「そんなまでしなくてもいいのですよ」

源太郎は久恵に向く。

「ところで、先ほど、上野池之端の菊がまいった」

「桔梗屋のやり手ですね」

唐突に話題が変わり、源太郎は視線を凝らした。

「それで、甚吉殺しに関する、新たな証言を得られた」

にわかに御用の話になったため、久恵はそっと腰を上げ、目立たないように居間から出て行った。

「それはいかなることですか」

源太郎の目に光が灯った。

「お香が牛熊の手下が甚吉を殺すのを見たと言っているそうだ」

「でも、それは」

京次が口を挟む。きっと、裏付けを取ってからの方がいいと言いたいようだ。

「確かなのですか」

源太郎はいたって落ち着いている。

「ああ、確かだ」

自分でもわからないが、不用意にも即答してしまった。意地でそう言ったのか、酔いがそう言わせたのか。おそらくは相乗効果なのだろうが、一旦口から発した言葉は取り消せない。

「まことですか」

念押しする源太郎に腹が立った。

「おまえ、わたしを疑うのか」

酔いが激しい逆流となって襲ってくる。

「そうではございません。菊とお香の証言の裏を取らねばと思っておるのです」

「生意気申すな！」

源之助は源太郎の頰を平手で打った。ぱちんという乾いた音がした。源太郎は頰を抑えながら源之助を見据えた。京次が二人の間に入る。

「なんだ、その目は！」

源之助が怒鳴ったところで久恵が顔を出した。京次が来ない方がいいというように首を横に振る。久恵は足音を立てずに廊下を歩き去った。

「父上、酔うのはよろしいですが、御用は酔っていてはできません」

「そんなことは百も承知だ」

「でしたら、ここはまず、落ち着いてください」

「もう、酔いは冷めた」

「果たしてそうでしょうか、そのようには、見えませんが」

「酔ってはおらん」

源之助はそれが証拠にと背筋を伸ばして見せた。しかし、頰は未だ火照っており、己の意志に関わりなく身体が揺れてしまう。源太郎は小さくため息を吐いた。

「それで、父上はどうなさるのですか」

「決まっておろう。牛熊をお縄にするのだ。もちろん、わたしの手柄になどするつもりはない。おまえが手柄にすればいい」

「わたしは手柄が欲しいとは思いません」

「甘いな」

「甘いですか」

「見習いのうちに一つでも多くの手柄を立てることだ。手柄に対して貪欲にならなくてどうする。遠慮することはない。池之端の牛熊をお縄にしたとなれば、おまえだって鼻高々というものだぞ」

「はあ」

ちらっと横目に京次がこれ以上、言い争いはやめるよう目で訴えていた。

「では、父上のお指図を聞き、牧村さまと一緒に牛熊の許へまいります」

「そうだな、それがよい。ならば、今日はこれでお開きとしよう」

源之助はどうにか機嫌を直し居間から出て行った。

ほっとしたというように源太郎と京次は顔を見合わせる。

「すまなかったな」

「いえ、それより、大丈夫ですかね、蔵間さま」

「二日酔いになるかもしれんな」

「お酔いになったこともそうですが、牛熊捕縛のことです」

「どうやら、父上、意地になっておられるようだな」

源太郎は顔をしかめた。

三

明くる五日、源之助は新之助、源太郎を引き連れ牛熊の岡場所にやって来た。今日も牛熊は店からほど近い自宅にいた。

裏木戸に回り、家の中を眺める。銀杏と紅葉の葉が舞い落ち、地べたを黄と赤に染めている。その斑《まだら》模様となった庭を源之助は一息に駆け抜け母屋に至った。新之助と源太郎も続く。

「牛熊、御用だ！」

縁側を隔てて閉じられた障子に向かって大きな声を発した。すぐに障子が開き、牛熊の巨体が出て来た。

「なんですかい、いつかの旦那じゃござんせんか。お二方にも見覚えがありますよ。確か、甚吉殺しの一件で聞き込みにいらっしゃいましたよね」

牛熊はゆとりたっぷりである。

「牛熊、神妙に縛《ばく》につけ」

「なんであっしがお縄になんぞならなきゃならないんですか」

「甚吉殺しだ」

「ご冗談でしょう」

「冗談でお縄になんぞできるものか」

「そうですかい、お菊の差し金ですか。旦那、お菊からいくら貰いなすった」

「一銭も貰ってはおらん」

「なら、口車に乗せられたというわけだ」

　牛熊は哄笑を放った。

「黙れ」

　源之助は十手を抜くや牛熊の腹を打った。牛熊の笑いが止まり、うめき声が漏れ、身体が折れ曲がった。

「な、何をなさるんですか」

「番屋に来てもらうぞ」

「ですから、あっしには身に覚えのねえことですって」

「話は番屋で聞く」

「後悔なさいますよ」

源之助は睨み返すと、牛熊は口を堅く閉じた。そこへ、手下たちが数人駆けつけて来た。

「なんでもねえ、お役人さまはとんだ勘違いをなすっておられるようだ。じきに帰って来るから心配いらねえぜ」

牛熊は子分たちの手前、精一杯のみえを張ると源之助に背中を向けた。新之助と源太郎が素早く縄を打った。

池之端の自身番に牛熊を引っ張って来た。そこには既に京次によって付き添われて来た菊乃とお香の姿があった。

「お菊、てめえ」

凄い形相で牛熊は菊乃を睨みつけた。

「ふん、おまえはこれで三途《さんず》の川を渡ることになるんだ。神妙にしな」

「おめえこそ、ほえ面《づら》かくなよ。おっと、お香もいるじゃねえか。揃いも揃って、性悪な連中ばかりだぜ」

「黙れ」

源之助は牛熊を土間に座らせた。小上がりに座るお香に向かって、

「お香、おまえ、牛熊の手下が甚吉を殺すところを見たのだな」

お香は面《おもて》を伏せたまま黙り込んでいる。

「どうした。見たのだな」

源之助はいかつい顔を綻ばせ、努《つと》めてやさしい物言いをした。

「お香、出鱈目《でたらめ》言いやがるとただじゃおかねえぞ」

牛熊が罵声を浴びせる。

「うるさいんだよ」

菊乃が言い返す。新之助が牛熊の縄を引っ張り、黙るよう促した。牛熊はそっぽを向いた。

「お香、いかに」

再度源之助は尋ねる。が、お香は黙ったままだ。

「お香さん、怖がることなんかないんだよ。旦那方がついているんだから」

「ええ」

お香は曖昧にうなずいている。

「さあ、力を振り絞って、証言するんだ」

菊乃も必死で説得をしている。

「お香、正直に申せ。牛熊の手下が甚吉を殺すのを見たのだな」

ここでやっとお香は顔を上げた。それから源之助の顔をしっかりと見据えた。

「いいえ」

お香の口から発せられた言葉は、源之助はもちろん、菊乃にとっても意外なものだった。菊乃は、

「あんた、何言ってるんだい」

源之助も、

「もう一度尋ねる。見たのだな」

今度ははっきりとお香の首が横に振られた。さらに、

「いいえ、見てはおりません」

今度は牛熊が、

「それみろ」

と、勝ち誇った。

「ねえ、お香さん、正直に言っておくれな」

「ですから、わたしは正直に申しております」

　お香の声は冷ややかだ。

「だって、昨日の夕暮れには」

　菊乃の顔は引き攣《つ》っている。それは源之助も同様で、こめかみの辺りが痙攣していた。

「妙なことおっしゃらないでくださいよ。あたしは知りません」

　お香は冷然と言い放つ。

「あんたって娘は」

　菊乃はお香の頬を平手で打った。

「何するんだい」

　お香の甲走った声と共にきつい目で見返される。

「このあばずれ」

「あばずれはどっちさ」

「うるさい、泥棒猫、人の亭主を誑《たら》し込もうとしたくせに」

「あんたの亭主、ちょいと色目を使ってやったら、その気になっちゃってさ、しつこいったらなかったよ」

　お香は声を上げて笑った。菊乃は啞然とお香を見ていたが、

「あんたって娘を信用したわたしが馬鹿だったさ」

「ふん、亭主が馬鹿なら女房も馬鹿だってことさ」

お香はうそぶいた。

「もうよい」

源之助の胸には言いようのない不快感が募った。それに強烈な敗北感も押し寄せてくる。

しくじった。

お香の証言の裏を取らなかった自分の大いなる失態である。源太郎に顔向けができない。源太郎は源太郎でそんな父を見ていられないのだろう。視線をそむけ、悲壮な顔つきをしている。

「すみません、もう、よろしいでしょうか」

お香はいけしゃあしゃあと尋ねてきた。これ以上引き止めたところで、証言に変わりはないだろう。

「うむ」

苦い顔でお香が帰るのを許した。

今のお香の姿を見たら、善右衛門はどう思うだろう。善太郎はそれでも嫁に迎えたいと願うものだろうか。

「では、失礼します」

お香は振り向きもせず、いそいそと出て行った。

「とんだ茶番だ」

牛熊が嬉しそうにしているのをどうしようもない。

「黙れ」

新之助が牛熊を咎めたが、それは奉行所側の負け惜しみとしか思えなかった。

「蔵間さま、言ったじゃござんせんか。甚吉殺しなんてのは濡れ衣だって。それを、この性悪女の口車になんか乗ってしまわれたから、こんなことになるんですよ」

言葉を返せない自分がつくづく惨めで情けない。不惑を超え、自分のこの体《てい》たらくはなんだろう。

「わかった。もう、帰っていいぞ」

源之助はしおれるような声を出した。

「そりゃ、帰らしてもらいますよ。そんなことは当たり前です。でもね、この不始末、どう、始末をつけてくれるんですよ。まさか、間違えたってことですまそうっていうんですか」

牛熊は嵩《かさ》にかかってきた。

「間違いだった、この通り詫びる」

源之助は頭を下げた。源太郎が悔しげに拳を握りしめている。

「それだけですかい」

牛熊は立ち上がり、縄を解くよう新之助を促す。新之助は脇差で縄を切った。

「おまえ、あんまり調子に乗るんじゃないぞ。叩けば埃が出る身だろうが」

「ふん、間違えたのは旦那方でしょうに。お上《かみ》の言うことには黙って従えってこってすかい」

牛熊は縄を打たれて痺れた手をさすりながら菊乃を見た。

「そうだ、忘れるところだった。金だ。三百両、出せなけりゃ、桔梗屋から出て行くってことだぜ」

「わかってるさ」

「わかっちゃあいねえだろう。おめえ、おれを甚吉殺しの下手人に仕立てりゃ三百両払わずにすむって踏んでいたんだろう。おあいにくさまだったな」

牛熊は源之助に視線を向けた。源之助が黙っていると、

「まさか、お役人さま、証文のあることを咎め立てはなさいませんよね。こいつが三

百両出せなければ、追い出していいんですよね」

牛熊は大きな声を放った。

四

悔しいがそれに異を唱えることはできない。無念の思いで拳を握りしめる。まともに菊乃の顔を見ることができない。

「三百両、耳を揃えて払いな」

牛熊は菊乃をいたぶるようだ。菊乃はそむけていた顔を牛熊に向けた。

「払ってやるとも」

「なんだと」

「三百両、払ってやるって言っているんだよ」

「よし、出してもらおうじゃねえか」

「ほら、受け取りな」

菊乃は懐中から紫の袱紗包みを取り出し、牛熊目がけて投げつけた。包みは一直線に牛熊の胸板にぶつかり、土間に落ちた。包みが捲れ、鮮やかな山吹色の小判が溢れ出た。六つある五十両の紙包みのうちの一つが破れたようだ。

一瞬の静寂の後、

「数えな、三百両あるよ」

菊乃に言われ牛熊は跪《ひざまず》いた。這いつくばるようにして小判を数える。驚きの源之助に向かって、

「百両はこれまでの蓄えやら、借金で集めました。残りの二百両は」

菊乃がここまで言ったところで、

「三百両あるぜ。何処で手に入れたんだ」

「何処だっていいじゃないか。金に名前をつけなきゃならないのかい」

「相変わらず減らず口だな」

「さっさと持って帰りな。証文を置いてね」

「あいにくだが、今は持っていねえさ」

「そんなのってあるかい」

「大丈夫だよ。ここは番屋、お役人方の前で三百両受け取ったんだ。いくらなんでも、しらばくれることなんかねえよ。あとで池之端の蕎麦屋に来な。蕎麦ぐれえ、奢ってやるよ」

「まあ、そう言わず、手打ちといこうじゃねえか。手打ち蕎麦ってやつだ」

牛熊はおかしそうに笑ったが菊乃は口を尖らせたままである。

「なら、旦那方。これで、めでたしめでたしってことで」

菊乃の返事も待たず、牛熊は意気揚々と出て行った。

「蔵間さま、とんだお手数をおかけしました」

「それはいいが、残り二百両はどうした」

「二百両は絵を売りました」

「絵とは」

まさか、定観が届けてくれたのか。いや、昨日の定観の素振りではそんなことはあり得ないし、昨日の今日に絵が描けるとも思えない。

「定観先生、いえ、吉次郎さんがわたしにくれた絵です」

「若き日の定観先生か」

「わたしが山上家に嫁ぐことが決まり、吉次郎さんは文を添えて送ってくれました」

文には菊乃への想いが綴られていたのだろうか。そういえば、定観から菊乃への想いを断ち切るために絵を描いたことを聞かされた。その絵を売ったということだろう。

「いらないね」

「どのような絵であったのだ」

「わたしを描いてくれました。菊の花を手にしたわたしです」

語る菊乃の表情は乙女のように無垢《むく》だった。

若き日の村上定観の絵は、桔梗屋の客で骨董商の男によって二百両で売れたという。

「未練たらしいのは、村上定観ではなく、わたしの方だったのかもしれませんね。後生大事にそんな絵を持っていたのですから。でも、これですっきりとしました。これからは、桔梗屋のお菊に成りきります」

「そうだな。それがいい」

源之助の胸は温かくなった。

「それでは、みなさま、お騒がせしました」

菊乃は深々と腰を折り、静かに去った。

京次が、

「これでよかったんですかね」

「菊乃、いや、お菊はしっかり生きていくだろう。定観先生も定観先生なりによかったさ。恋い焦がれた女人との逢瀬《おうせ》まではいかずとも、束の間《つかま》の再会を果たせたのだ。きっと、絵の肥やしになるだろう」

そこへ源太郎が近寄って来た。

「甚吉殺し、やはり、牛熊の仕業ではないのでしょうか」

源之助はにやっとした。

「下手人はお香だ」

「お香ですか」

源太郎は新之助と顔を見合わせた。

「長屋の連中の証言を落ち着いて考えてみれば、お香以外には考えられん。お香の家に出入りしたのは善右衛門殿しかいなかった。殺せたのはお香しかいない」

「とすると、お香が甚吉を殺したのはどういう訳でしょう」

「お菊とのやり取りを聞いていただろう。お香は甚吉に色目を使った。甚吉との間に痴情のもつれがあったとしてもおかしくはないな。ともかく、杵屋へ行き、お香をもう一度引っ張ってくるのがよかろう」

「わかりました」

弾けるように源太郎は返事をすると新之助と共に勢いよく飛び出して行った。

「お香でしたか。人は見かけによりませんね」

「人は見かけによらないといえば、定観先生もそうだったな」

「そうでしたね。そうだ、どうです。これから、あの縄暖簾に行って軽く一杯やりませんか」

京次は猪口を呷《あお》る真似をした。

「いや、やめておく」

「酒を飲む気になりませんか」

「というより、蕎麦を食べたくなった」

源之助は言うと京次を残し番屋を出た。


池之端の町外れに蕎麦屋があった。隣は空き地となっている。枯草が生い茂る中、菊乃は数人の男たちに囲まれていた。牛熊と手下たちだ。

「汚いね、わたしをやろうっていうのかい」

「おめえみてえな女を生かしておくわけにはいかねえんだよ」

牛熊は手下をけしかけた。

手下たちは匕首《あいくち》を手に菊乃に向かった。そこへ、

「悪党、許さん」

源之助が躍《おど》り込んだ。

手下たちの輪が乱れ、ばらばらになる。

「こうなったら、一緒に片づけちまえ」

牛熊は長脇差を抜いた。

源之助の剣に躊躇いも惑いもなかった。大刀の峰を返すと牛熊の刃を払い除《の》ける。鋭い金属音がしたと思うと長脇差は曇天に舞い上がった。

続いて右から向かって来る敵に対する。匕首を腰だめにして突っ込んで来た男の足を払った。つんのめった男の首筋に峰打ちを加える。

と、次の瞬間には背後に殺気を感じた。素早く振り返ろうとしたが、鉛板入りの雪駄が災いし、草むらに足を取られた。が、どうにか匕首を避け、体勢を立て直す。

その間にも前後から敵が押し寄せる。

落ち着けと自分を叱咤し、雪駄を脱ぎ捨てた。足袋《たび》を通して枯草の冷たさが立ち上ってくるが、それもほんの束の間のことで、久しぶりの刃傷沙汰《にんじようざた》に血がたぎり、全身が熱くなった。

そこへ、

「御用だ！」

京次が駆けつけた。

算を乱した牛熊たちに源之助は刃を向ける。京次も十手を振りかざし、阿修羅のごとく暴れ回った。

形勢不利とみるや、牛熊は手下たちを置き去りにして逃げだした。

ところが、牛熊の前を菊乃が塞いだ。菊乃は懐剣を牛熊に向けた。

「一歩でも動いたら、ぐさりだからね」

どすの利いた声で告げると牛熊はへなへなと膝から崩れた。

師走の二十八日の昼下がり。

奉行所は大掃除で大騒ぎとなっていることをよそに、源之助は居眠り番でのんびりと過ごしている。善右衛門と二人、牡丹餅を食べながら茶を飲んでいた。

「善太郎、立ち直りましたか」

「ようやく、一昨日あたりから商いに出向くようになりました」

善太郎はお香が甚吉殺しの疑いで源太郎と新之助に捕縛された衝撃のあまり、飯も喉を通らない日を送っていたという。

「初めのうちはお香が下手人だなんて信じようとしませんでしたが、うちから金目のものや、多少の金がなくなっているのがわかり、しかも、お香の仕業と判明するに及んで、ようやく納得しました」

「人は見かけによらないと申しますが、いやはや、今回は自分の不甲斐なさを痛感しました」

「蔵間さま、それはわたしもです。恋い焦がれた人の娘というだけで、信用してしまったのですから。ずいぶんと高くついたものです」

善右衛門も反省しきりだ。

「いい歳をした男二人、こうして愚痴をこぼし合うのはいい絵ではありませんな」

源之助は苦笑いを浮かべた。

「それもよろしいのではございませんか」

「歳を重ねるのも悪くはないということですか。素直に老いを受け入れねばなりませんな」

牛熊たちとの争いで雪駄が負担になったことを思い出した。

鉛板入りの雪駄。

もう、履くのはやめようか。

いや、それには拘《こだわ》りたい。あの雪駄を脱ぐ時は八丁堀同心を辞める時だ。

「これは、見事な絵でございますね」

善右衛門は文机《ふづくえ》の上にある絵に視線を注いだ。定観が送ってきた絵だ。文が添えてあり、源之助から菊乃へ持って行って欲しいとあった。

あれから定観は気が差し、菊乃のために絵筆を執《と》ったようだ。

果たして、この絵を菊乃に渡していいものか。菊乃は、いや、お菊は過去を断ち切りやり手としての人生を力強く歩んでいる。そんな菊乃がこの絵を受け取るかどうか。

「いやあ、いつまでも眺めていたいです」

善右衛門の目は絵に釘付けだ。

天窓から晩冬のうららかな日差しが降り注ぐ。

一輪の菊を手にたたずむ娘。その横顔は若き日の菊乃に違いない。

陽光を受け、源之助の目には絵の中の菊乃が微笑んだように見えた。

時代小説
二見時代小説文庫

惑《まど》いの剣《けん》 居眠《いねむ》り同心《どうしん》 影御用《かげごよう》9

著者 早見《はやみ》 俊《しゅん》

発行所 株式会社 二見書房
東京都千代田区三崎町二-一八-一一
電話 〇三-三五一五-二三一一［営業］
〇三-三五一五-二三一三［編集］
振替 〇〇一七〇-四-二六三九

印刷 株式会社 堀内印刷所
製本 ナショナル製本協同組合

落丁・乱丁本はお取り替えいたします。
定価は、カバーに表示してあります。

 ISBN978-4-576-12156-7
http://www.futami.co.jp/

二見時代小説文庫

早見 俊
居眠り同心 影御用1〜9
目安番こって牛征史郎1〜5

浅黄 斑
無茶の勘兵衛日月録1〜14
八丁堀・地蔵橋留書1

井川 香四郎
とっくり官兵衛酔夢剣1〜3
蔦屋でござる1

江宮 隆之
十兵衛非情剣1

大久保 智弘
御庭番宰領1〜7
火の砦 上・下

大谷 羊太郎
変化侍柳之介1〜2

沖田 正午
将棋士お香 事件帖1〜3

風野 真知雄
大江戸定年組1〜7

喜安 幸夫
はぐれ同心 闇裁き1〜8

楠木 誠一郎
もぐら弦斎手控帳1〜3

倉阪鬼一郎
小料理のどか屋 人情帖1〜6

小杉 健治
栄次郎江戸暦1〜8

佐々木裕一
公家武者 松平信平1〜4

武田 櫂太郎
五城組裏三家秘帖1〜3

辻堂 魁
花川戸町自身番日記1〜2

花家 圭太郎
口入れ屋 人道楽帖1〜3

幡 大介
天下御免の信十郎1〜8
大江戸三男事件帖1〜5

聖 龍人
夜逃げ若殿 捕物噺1〜6

藤井 邦夫
柳橋の弥平次捕物噺1〜5

藤 水名子
女剣士 美涼1〜2

牧 秀彦
毘沙侍 降魔剣1〜4
八丁堀 裏十手1〜4

松乃 藍
つなぎの時蔵覚書1〜4

森 詠
忘れ草秘剣帖1〜4
剣客相談人1〜6

森 真沙子
日本橋物語1〜9

吉田 雄亮
新宿武士道1
侠盗五人世直し帖1